ミステリな食卓

美味しい謎解きアンソロジー

碧野圭　太田忠司　近藤史恵
斎藤千輪　新津きよみ　西村健

双葉文庫

お品書き

MENU

苺のスープ

近藤史恵

Episode

近藤史恵（こんどう・ふみえ）

1993年、『凍える島』で第4回鮎川哲也賞を受賞。『ねむりねずみ』や『胡蝶殺し』といった歌舞伎をテーマにした作品が特徴的である。今泉探偵シリーズ、猿若町捕物帳シリーズ、清掃人探偵キリコシリーズ、〈ビストロ・パ・マル〉シリーズ、元警察犬シャルロットシリーズなどシリーズを中心に、作品はヴァラエティ豊か。近作の『幽霊絵師火狂 筆のみが知る』は怪談絡みの謎解き。2008年、『サクリファイス』で第10回大藪春彦賞を受賞する。ほかに『それでも旅に出るカフェ』など。

この世でいちばん好きな場所は自宅のソファだ。

超高級品ではないけれど、瑛子《えいこ》にしては頑張った。たしか三十万円ほど。二人掛け、オットマンもつけて、セミオーダーで。

そこにクッションを四つも置いた。片方にクッションを重ねて、身体を預けてテレビを観る。足がむくんでいるときは、ソファに横たわって、クッションの上に足を置く。残業でくたくたに疲れ切って帰ったら、クッションを全部床に落として、ソファにばったりと倒れ込む。

会社で仕事をしているときも、早く帰ってソファに寝転がりたいと思う。そして、土曜日と日曜日、ソファの上でゆっくりと本を読んだり、借りてきたDVDを観るときは、この上ない幸福を感じる。

客観的に見れば、あまり人にうらやましがられたり、優越感を持てるような状況ではない。

三十七歳、独身、一人住まい、子供もいないし、恋人もいない。取り立てて美人というわけではない。趣味らしい趣味もない。読書や映画を見るのは好きだけど、マニアと言えるほどではない。

　貯金はそんなにない。三年前にこの中古の1LDKを買うのに使ってしまった。そこから少しは貯めることはできたが、充分な貯蓄額とは言えないし、マンションのローンもある。

　部署の独身女性の中では、いちばん上の年齢になってしまった。他の部署にはもっと年上の独身女性もいるけれど。

　二十代の若い女の子たちとも仲良くしているし、煙たい先輩にはなってないと思いたいが、そうも言い切れない。職場の男性たちからは冗談のように「お局」と言われることもあるし、若い子たちとあからさまに差をつけられる。

　自分が不幸だとも思いたくないが、それでも三日に一度くらいは不安になる。昨日と変わらない明日。いや、変わらなければラッキーで、この先いきなりリストラされたり、大病をして働けなくなることも考えられる。

　毎日会社に行き、代わり映えのしない仕事をして残業し、夜遅く家に帰る。休日はくたくたで、出かける気にもならない。

　ただひとつ、たしかなのは、この先自分に映画のような特別な恋が降りてくることも、隠された素晴らしい才能が目覚めて、ミュージカル女優になることも、莫大な遺産を相続して大富豪になることもないということだ。

１ＬＤＫのリビング、１１０cm幅のソファ、瑛子の幸せはその上に収まってしまっている。もちろんなにもないよりはずっといいのだけれど。

ソファの上にいるときは幸せな気持ちでいられる。だが、その幸福感には、いつも憂鬱のベールがかかっている。

その日もいつもの朝と同じだった。

ぎりぎりの時間に起きて、高速でメイクをし、電車に飛び乗った。満員電車の女性専用車両でぎゅうぎゅうにプレスされながら通勤時間を耐え抜いた。

ここだけ早送りしてくれればいいのに。毎日、通勤時間はそう思う。薬かなにかで意識を飛ばして、なにも感じないようにできればいいのに。

会社で、話の通じない上司に嫌味を言われたり、取引先でぞんざいな扱いをされたりするときも同じだ。少しの間だけ、なにも感じないようにしてほしい。

もちろん、そんなのは無理な願いで、ダメージはしっかり蓄積されるのだけれど。

家で入れてきた保温マグのお茶を飲んでいると、中村あずさに声をかけられた。

「奈良《なら》さん、今日ランチどうしますか？」

あずさは、今年三十三歳になる後輩で、よく一緒に昼ご飯を食べに行く。だが、こんなふうに朝からランチの予定を聞かれたのははじめてだ。

「今日は外出予定はないから、なんか食べに行く？」

あずさはぱっと笑顔になった。

「わ、よかった。じゃあ、一緒に行きましょ」

「うん、じゃあ昼にね」

にこやかに返事をしたが、頭の中に黄信号が点る。

普段、あずさとランチに行くときは、昼休みになってから誘い合う。あずさはよく弁当を持ってきているし、瑛子だってたまには残り物を詰めただけの弁当を作る。もしくは近所に新しい店ができたときに、「木曜日あそこに行ってみる？」などと相談することもある。

だが、今日のあずさは行きたい店があるようでもない。単純に、瑛子の昼の予定を押さえておきたかったような感じだ。

好かれているのね、と喜ぶわけにはいかない。これまでに何度もこんなことがあって、それはあまり喜ばしいことではなかったからだ。

仕事を辞めるという報告だったり、ひどい扱いを受けたという相談だったり。少なくとも、にこにこと聞いていられるようなことばかりではない。

もしかすると、結婚するとかそういう話かもしれない。彼女には一緒に暮らしている彼氏がいる。

それならばまだいい。微妙な寂しさや、置いてきぼりにされたような切なさは残るが、結婚したからといって、すぐに仕事を辞めるようなことはないだろう。

仕事を辞められるのがいちばん、困る。瑛子が今働いている部署は女性ばかりだが、ひとり辞めたばかりで、もうひとり育休をとっている。何度も人事に掛け合っているが欠員補充はまだない。

もし、あずさに辞められたら、六人分の仕事を三人でまわさなくてはならなくなる。さすがにそれは困る。育休をとっている櫻井が帰ってくるまでに、まだ四ヶ月もある。

憂鬱な予感を振り払って、瑛子はパソコンの電源を入れた。

パスタ専門店にふたりで入って席に着くと、あずさは前置きもなく言った。

「今、わたしが辞めたら迷惑ですよね」

どきり、とする。やはり悪い予感は当たった。あまり動揺を見せないように、瑛子はメニューを開いた。

「そりゃあ、困るけど……でもなにかあったの？」

あずさは比較的ドライなタイプで、他の社員が残業してようが自分の仕事が終わると、さっさと帰ってしまう。そういうところで、一番年上の久保田亜沙実《くぼたあさみ》とはあまり仲がよくないが、亜沙実があずさを苛めているというわけではなさそうだ。

職場で見ている限り、あずさが他の社員と折り合いが悪いようにも思えないし、ひどいストレスを抱えているようにも見えない。

もしかすると、体調でも悪いのかもしれない。

ウエイトレスが注文を取りに来る。あずさはメニューも見ずにカルボナーラを頼んだ。瑛子もあわててペペロンチーノを頼む。ウエイトレスが行ってしまってから、平日はにんにくのきいたものを食べないようにしていたことを思い出した。

あずさは一瞬視線を下に落としてから、顔を上げた。少し迷ってから口を開く。

「もうすぐ結婚するんです」

「そうなんだ、おめでとう」

　あまり、祝福しているような口調にならなかったのは、あずさがあまりにも、言いにくそうにしているからだ。独身の自分が気遣われているようで居心地が悪い。もっと、うれしげに報告してくれれば、おめでとうも言いやすいのに。

「仕事、辞めるの？」

　あずさは小さく頷いた。

「できれば辞めたいと思っています」

　妊娠を機に仕事を辞めた人はこれまでもいたが、結婚をきっかけに辞めるというのもなにか事情がありそうだ。

「彼氏が遠くに転勤するとか？」

「そういうわけではないんですけど……彼がお店を始めるんです。いろいろ大変だし、最初から従業員を雇うのは難しいから、わたしが一緒に手伝おうと思って……」

　瑛子は一瞬ことばに詰まった。コップを引き寄せて水を飲む。

「お店ってなんの？」

「カレー専門店だそうです。彼、調理師なんです」

「そうなんだ……」

飲食店を始めることはけっして簡単なことではないし、失敗する可能性も高い。冒険であることは間違いない。

だが、失敗するとは限らない。あずさの彼が作ったカレーを食べたこともないし、どんな人かも知らないのに、瑛子が口を出すことではない。

なのに、口の中が粘ついて渇いた。「よかったね」とか「頑張ってね」と言うのが難しい気がした。それを悟られたくない。できるだけ笑顔を作って、言った。

「大変だろうけど、頑張ってね。で、辞めるとしたらいつ頃になる？」

「一応、櫻井さんが戻ってきたらと思ってるんですけど……」

それを聞いて少しほっとする。今日明日にという話ではないようだ。

「式とかはしないの？」

そう言うと、あずさはやっとはにかんだような笑顔になった。

「お店を始めるのにお金がいるだろうからやめときます。籍は七月のわたしの誕生日に入れようかと」

二ヶ月後だ。毎年、同僚たちとあずさの誕生日会をしていた。

胸がきゅっと痛む。彼女とは会社では仲良くしているが、あずさが会社を辞めてしまえば、きっとプライベートで会うことはないだろう。これまでもそんな同僚は何人もいた。

自分だけが川の中洲に取り残されているみたいだ、と思う。

みんな流れていく。思い思いの場所に。

パスタが運ばれてくる。瑛子は半ばやけっぱちな気持ちで、ペペロンチーノを口に運んだ。


ふいに六年前のことを思い出した。

当時、一緒に働いていた後輩に、同じような相談をされたことがあった。

短い髪と小さな顔、ちょっと前歯が目立つリスみたいな顔をしていた。

会社にいたのは、半年くらいだろうか。職場の女性たちは、みんな柔らかい茶色に髪を染めていたのに、彼女の髪だけが真っ黒だった。化粧もほとんどしていなかった。

それほど仲良くしていたわけではないのに、ある日、いきなり昼食に誘われた。

コーヒー専門店で、サンドイッチを食べながら向かい合った。皿に残された緑のパセリをぼんやりと眺めていたのを覚えている。

　サンドイッチを食べ終わると、やっと彼女は口を開いた。

「会社を辞めようと思うんです。奈良さんにはお世話になったのに、申し訳ないんですけど」

　きっぱりとした口調だった。そんなにお世話はしただろうか、と考えて、単なる社交辞令だろうと判断する。

「辞めてどうするの？」

　そう言うと、彼女は少し口元をほころばせた。前歯がのぞく。

「自分のお店がやりたいんです。カフェとか」

　思わず言っていた。

「やめた方がいいんじゃないの？」

　彼女の笑顔が凍り付いた。自分の口から出たことばに、重みを与えるために、瑛子は話し続けた。

「そんな簡単なものじゃないよ。飲食店って新規開業した七割以上が二年以内につぶれるって、このあいだ雑誌で見たよ。考え直した方がいいよ」

　実際に、その記事を見たのは嘘ではない。彼女の先行きを心配したのも事実だ。決して意地悪な気持ちなどではなかった。

だが、彼女が会社を辞めてしまった後も、そのことを何度も思い出す。あんなことを言わなければよかった、と思うのだ。

うまく行くか行かないかなんて、あの時点ではなにもわからなかった。七割のお店はつぶれるとしても、三割は残るのだ。自分だって、週のうち半分くらいは飲食店で食事をしているのに、なぜあんなふうに決めつけてしまったのだろう。

もう彼女の名前も思い出せない。半年の間、職場にいただけだから、誰も彼女のことを思い出さないし、話題にも出さない。

ただ、そのときの彼女の悲しげな顔だけが頭から離れない。

土曜日は晴天だった。空はアクリル絵の具で塗りつぶしたように青い。

こんないい天気の日は散歩にどこか遠出したいと思ったが、掃除や洗濯をしているうちに午後になってしまった。

せめて買い物ついでに、近所を散歩でもしたい。でないと運動不足になってしまう。

今のところ服のサイズは変わっていないが、体重もじわじわと増加気味だ。

しばらく最愛のソファでだらだらしていたが、えいやっと立ち上がる。

足を延ばして、十五分ほどかかる大きなスーパーまで行こう。あそこなら野菜もきれいだし、フランス産のチーズや塩漬けオリーブなど、素敵な食材がたくさん揃っている。

いちばん近所のスーパーは、あまり品揃えがよくないし、野菜も少し萎れている。いい天気だからひさしぶりに自転車に乗ることにした。ポタリングは数少ない趣味だが、気候のいい春や秋しか乗らない。夏と冬は自転車はしまい込まれている。

おっくうなのは、自転車を引っ張り出すまでで、乗ってしまえば遠くまで行きたくなる。似たようなことはたくさんある。

分厚い翻訳ミステリに手を伸ばしたときとか、寒い日にお風呂に入るときとか。最初のおっくうささえ乗り越えてしまえば、そのあとは素敵な体験が待っている。

いつもと違う道を通り、あえて坂を上る。住宅街をふらふら走っていると、ふと一軒の店が目にとまった。

パン屋かカフェか。白い一軒家で、木の看板が出ている。カフェ・ルーズという名前が目についた。店の前にはハーブらしきプランターが並んでいる。

時間はいくらでもあるから、ここで休憩してもいいかもしれない。もし、居心地のいい店ならば、ときどきここでくつろぐこともできる。

短い階段を上がって、店に入る。小さなカフェだった。ふたりがけのテーブルが四つ。カウンターに椅子が五つ。すでに、二組の女性客がいた。

きょろきょろしながら、中に入る。

「いらっしゃいませ。お好きなお席にどうぞ」

明るい声がキッチンから聞こえる。カウンターに座った方がいいかと思ったが、好きな席でいいと言われたので、窓際のテーブル席に座って、メニューを広げた。

メニューはそう多くない。食べるものはサンドイッチとカレーやパスタ。お腹は空いていないから、飲み物のページを見る。

コーヒー、紅茶、カフェオレ、オレンジジュース。普通なのはそこまでだった。

ミント水、ざくろ水、クワス、ハーブレモネード、杏ネクター。見たことのない飲み物の名前が並んでいる。ウィンナコーヒーやベトナムコーヒーは知っている。カフェ・マリアテレジアというのはいったいなんなのだろう。どれにも説明が書いてあるけれど、とりあえず名前だけを見ていく。

お菓子のコーナーを見ると、もっとよくわからない。ストロープワッフル、シナモンプッラ、パイナップルケーキ。

どれもなんだかおいしそうな響きだけど、なにがなんだかわからない。説明を読み込もうとメニューに顔を近づけたとき、頭の上から声がした。

「奈良さん？　奈良さんですよね」

顔を上げると、そこには前歯の大きい、リスみたいな顔があった。

話ができるようにカウンターに移動した。葛井《くずい》という姓は顔を見たら思い出した。葛井、葛井円《まどか》。それが彼女の名前だ。

「何年ぶりですか。えーと……」

円が指を折るから、先回りして言った。

「六年ぶりだよ」

この前思い出したときに数えたから間違いない。

「わあ、そんなになるんですね。まだ氷野《ひの》照明にいらっしゃるんですか？」

「うん、そう」

瑛子の勤めているのは、主にオフィスや店舗に照明器具を販売している会社だ。新卒から勤めているから、もう十五年になる。

「葛井さんは、いつからこのお店やってるの？」

「ええと、二年前ですね」

そのことばを聞いて、きゅっと胸が痛んだ。二年以内に七割以上が潰れると言ったのは、瑛子だ。

「長く続いてるんだ。お客さんもきてるし、感じのいい店だね」

それは決してお世辞ではない。凝った内装ではないが、光がたっぷり入って居心地のいい店だ。

そういえば、まだなにも注文していなかった。あわててメニューを見ると、円がグラスを前に置いた。

「よかったらこれ、飲んでみませんか？　サービスです。あんまり注文が出なくて……」

氷とレモンが浮かべられたグラスの中には、褐色の炭酸水が入っている。ジンジャーエールのように見える。

おそるおそるストローをくわえた。ジンジャーエールに似ているが、生姜の香りはしない。薬草のような不思議な匂い。だが、癖はなくて飲みやすい。

「これ、なあに？」

「アルムドゥドラーって言うんです」

「アルム……」

一回では覚えられない。舌を噛んでしまいそうだ。円はくすりと笑って、メニューを指さした。

「お客さんもだいたい一度では言えないから、メニューにはハーブレモネードって書いてます」

なるほど、たしかに香りはハーブのものだ。甘さはあるが控えめで、少し大人っぽい味がする。

「いかがですか？」

「うん、おいしいよ。はじめて飲んだ」

「よかった。奈良さん、炭酸水お好きだったな、と思って」

それを聞いて驚く。たしかに瑛子は炭酸飲料が好きだ。夏はガス入りミネラルウォーターばかり飲んでるし、お酒もスパークリングワインや、ソーダ割りが好きだ。だが、一緒に仕事をしたり、飲み会に行ったのは六年前なのに、そんなことまで覚えているなんてすごい記憶力だ。

円は少し困ったように笑った。

「なんとなく覚えてたんです。間違ってなくてよかった」

もう一口アルムドゥドラーを飲んでみる。たしかにおいしい。好みの味だ。

「これ、どんなところで買えるの？」

「普通には買えないと思います。オーストリアの炭酸飲料なんです。取り寄せてもらってるんです」

いきなり出てきた国の名に、瑛子は思わずまばたきをした。

「えーと、カンガルーがいる方？　いない方？」

「いない方です。いる方はオーストラリア」

それでちょっとイメージできた。ヨーロッパの音楽の都だ。行ったことないけれど。

そんな遠い、一生行くことがないかもしれない国の飲み物がここにある。

ちょうど、別の客が入ってくる。今度は、若い男性と女性の二人連れだ。円は水のグラスを持っていった。

アルムドゥドラーを飲みながらオーストリアのことを考える。『サウンド・オブ・ミュージック』とか、ハプスブルク帝国とかそういう断片的な知識だけしか浮かばない。だが、椅子だけがふわりと浮かび上がったような気持ちになる。空飛ぶ絨毯のように椅子だけが飛んで旅に出る。

帰ってきた円に言う。

「なんか旅に出てるみたい」

名前も存在も知らなかった、外国の飲み物と出会える。

円はくすりと笑った。

「うち、そういうコンセプトのカフェなんです。旅に出られるカフェ。わたしもしょっちゅう旅に出て休みにするし、その代わりお客さんもここで旅を感じる」

カフェ・ルーズは毎月一日から八日が休みだという。営業は九日から月末まで。休みすぎのような気もするが、週休二日と考えるとべつにおかしくはない。そして、円はその間旅に出るという。そして買ってきたものや見つけたおいしいものをカフェで出す。

「もちろん毎月海外というのは無理だし、国内のときもあります。どこにも行かずにメニューを試作してるときもあります」

円は小首を傾げながら、そう言った。

ゆるいなあ、と思う。そんなことで大丈夫なのだろうか。もちろん、大丈夫でなくても瑛子が口を出すべきことではないのだが。

円と再会できたこと、彼女が自分の店を持っていたことで、心が軽くなった気がした。だが、帰ってから気づく。円に謝ればよかった、と。

次にルーズに行ったときには謝ろう。居心地のいいカフェだったし、夜も十一時まで開いているから、平日だって行ける。

「夜はお酒も出してますよ。ぜひ、またいつでもきてください」

思いの外長居してしまって帰るとき、円は前歯の見える笑顔でそう言った。六年の月日があっという間に縮まった気がした。

月曜日、職場であずさに円の話をした。

「あっ、覚えてます。ちょっと変わった子ですよね。飲み会にもあんまりこなかった……」

「そうだっけ」

瑛子は何度か同席した記憶がある。だが、六年前のことだ。その間に、何度飲み会があって、何度、円と一緒になったかははっきりと思い出せない。瑛子だって毎回出席するわけではない。二回に一回は顔を出すようにしているが、つまり二回に一回は休んでもいいことにしている。

この部署でいちばん年上の亜沙実は、何事にも頑張るタイプだから残業もするし、飲み会でみんなとコミュニケーションをとる努力もする。二番目の瑛子までが、そういう場に常に顔を出していると、年下の子たちが欠席すると言いにくいのでは、というのが毎回出ない言い訳なのだが、まあ、要するにめんどくさいのだ。

自宅のソファでひとりでハイボールを飲んでいる方がいい。

瑛子の家の近所だと聞くと、あずさの目が輝いた。

「あっ、彼が今度店を出すのも、その近くなんですよ」

くわしく話を聞くと、駅の反対側にある雑居ビルらしい。少し古いが賑やかな場所で飲食店も多い。カフェ・ルーズは住宅街の中にあるから環境はまったく違う。

「あそこなら、お客さんもたくさんきそうね」

「そうなんです！　あそこを借りられることになって、話がトントンと進んで……」

気持ちが盛り上がっているのかあずさの声が高くなる。なぜかそれを見ると、喉になにかが詰まるような気がした。

嫉妬だろうか。自分は幸せになりそうな彼女に嫉妬しているのだろうか。

「でも、わたしも行ってみたいです。夜は何時まで開いてますか？」

「十一時までだって」

今日、仕事が終わってから一緒に行くことにする。幸い、今日は急ぎの仕事もない。

五時半に仕事を終え、帰り支度をしていると、あずさがやってきた。

「すみません。話をしたら彼も一緒に行きたいって言ってるんですけど、いいですか？」

大人としては嫌とは言えない。

まあ、経験上、彼女の知人と会おうとしない男性よりも、会社の同僚や友達とも親しくなる男性の方が結婚がうまく行く確率は高い気がする。データではなく、瑛子の印象だが。

瑛子は少し気詰まりだが、店に行くのだ。知らない人がいたって円は気にしないだろう。店の距離も少し離れているから、ライバルというわけでもない。

最寄り駅に到着すると、背の高い男性が改札口で待っていた。

「どうもこんにちは。蘇我正彦《そがまさひこ》です」

ぺこりと身体を半分に折ってお辞儀をする。

「あずさがいつもお世話になっています」

礼儀正しい男性でほっとする。この人ならば気を遣わずに済みそうだ。

駅からは少し離れているのでタクシーに乗り、カフェ・ルーズに向かう。タクシーを降りると、ちょうど円は店の前にあるプランターに水をやっているところだった。

瑛子たちを見て、少し驚いた顔になる。

「葛井さん、こんばんは！」

あずさが手を振ると円は少し微妙な顔で、頭を下げた。誰か思い出しているような顔だった。無理もない。一緒に働いていたのは、六年前だ。

「えーと……」

「中村です、中村あずさ」

名前を聞いて、やっと思い出したようだった。

「わあ、ご無沙汰しています！」

正彦は円が水をやっているプランターをのぞき込んだ。

「ハーブですか？　これはローズマリーですね。これは？」

「これは大葉月橘《おおばげっきつ》ですが……」

円は不思議そうに正彦を見上げた。

「ええと……水野照明の方でしたっけ」

あわててあずさが、二人の間に入る。

「わたしの彼氏です。蘇我くん。彼も今度、このあたりで飲食店やるから、ちょっと勉強させてもらおうと思って」

「どんなお店を？」

円の表情からは不快に思ったかどうかはわからない。だが大歓迎という様子でもないようだ。瑛子は助け船のつもりで正彦に尋ねた。

「カレー屋さんだったっけ？」

「ええそうです。駅前だから、ここからちょっと離れてるんですけど」

店内には誰も客がいなかった。昼の客が帰り、夕方からの客が訪れる前なのだろう。

円がドアを開けて、店の中に瑛子たちを招き入れる。慣れた様子で、ふたりがけの席を移動させて、四人掛けの席を作ってくれる。

「どうぞ」

彼女が運んできた水のグラスには、ライムが浮いている。

正彦はメニューをちらりと見ただけで、「じゃあビールを」と言った。瑛子もメニューを見る。夜のメニューらしくアルコール類も揃っている。チーズだとかグリルソーセージなど、お酒に合う小皿もいくつかあるので、バーのように利用することもできるだろう。

お酒も飲みたいが、このあいだのアルムドゥドラーもまた飲みたい。メニューを見ていると、白ワインのハーブレモネード割りというのがあったので、それを頼んだ。

「わあ、なに、それおいしそう」

あずさが瑛子の注文を聞いて、メニューを探す。彼女も同じものを頼んだ。

円は飲み物だけでなく、オリーブの塩漬けやプレッツェルののった小皿も持ってきた。

「どうぞ。サービスです」

白ワインをアルムドゥドラーで割ったものは、爽やかで、夏に向きそうな飲み物になっていた。少し甘いが、ハーブの香りが爽やかだ。

円はテーブルの横に立った。正彦に話しかける。

「お店、駅前のどのあたりなんですか？」

「来月から内装工事をはじめるんですけど、ほら一階にコンビニの入った雑居ビルで紀谷《きや》ビルという……」

「ああ、いい場所ですね」

円は小さく頷いた。

「でも、あのあたり、チェーンのカレー屋ありますよね」

「ああ、うちはエスニックカレーだから大丈夫。タイとかスリランカとか」

正彦がそう答えると、円は微笑《ほほえ》んだ。

「それはおいしそうですね」

仕事をするためか、円はテーブルから離れた。

あずさと正彦は椅子を近づけて、見つめ合っている。なんだか居心地が悪く感じる。この前のようにくつろげない。

一杯だけ飲むと、瑛子は退散することにした。またひとりでくることにする。

「じゃ、今日はわたし失礼するわ」

「えー、そうなんですか？　残念」

少しも残念そうでない口調で、あずさが言う。まあ、明日にはまた仕事で会うのだから、本当に残念がられても困るが。

先輩の意地があるので、少し多めだが千円札を置いて席を立つ。カウンターの中の円に声をかけた。

「じゃあ、わたしは今日はこれで」

「あ、ありがとうございました」

円は店の外まで送ってくれた。階段を降りようとしたとき、ふいに、袖をきゅっとつかまれた。

「あの……、またいらしてくれますよね。遠くないうちに」

「あ、うん。またくるよ」

どぎまぎしてしまったのは、円がひどく真剣な顔をしているせいだ。円は続けてこう言った。

「少し、気になることがあるんです」


次にカフェ・ルーズを訪ねたのは、金曜日のことだった。早すぎるかと思ったが、円が言った「気になること」とはなにか知りたかったのだ。

店内には、三組ほどの客がいた。円はカウンターの中で、なにか作業をしていた。

「あ、奈良さん！」

カウンターの椅子に腰掛ける。甘酸っぱい匂いがぷんと漂った。

「苺？」

苺を煮ている匂いだ。昔、母がよく苺ジャムを作ってくれた。

「ジャム作ってるの？」

「ジャムじゃないんです」

だとすれば、苺ソースか。ヨーグルトなどにかけて食べたらおいしそうだ。

「苺のスープです」

「苺のスープ？」

思わず聞き返してしまう。そんな料理ははじめて聞く。

「北欧の方で食べるんです。昨日作った分もあるので味見なさいますか？」

頷く。苺のスープだなんて想像もできない。

円がキッチンから運んできたのは、ガラスのボウルだった。透き通った赤い液体が中に入っている。

ボウルまで冷やしてある。冷たいスープだ。

スプーンでそっと口に運ぶ。甘くて、いい香りがする。違和感はまったくない。ジュースではなく、スープとしか言いようがないのは、少しだけとろみがついているせいだ。

　ジュースよりも苺を食べているという感覚が強い。

　春の香りと甘酸っぱさがとろみによって凝縮されている。

「おいしい……」

「バニラアイスやマスカルポーネをのせてもおいしいんですよ」

　それは想像しただけでおいしい。おいしくないはずがない。

　円はじっと瑛子の顔を見つめていた。

「苺を煮ても、なにができるかはわからないですよね。ジャムかもしれないし、スープかもしれない。スープの存在なんて頭にない人かもしれない」

　彼女はなにを言おうとしているのだろう。スプーンを止めて円を見返すと、彼女は声をひそめた。

「紀谷ビル、一年後に老朽化で建て替えが決まっているそうです。多くの店舗は、すでに退去することになってる」

「えっ？」

　正彦がカレー専門店をやると言っているビルだ。

「どういうこと？」

「建て替えが決まっているビルで、新規開業をはじめても一年後に立ち退かなくてはならない。それを契約者が知らないはずはない」

「つまり、彼が嘘をついている……」

「もしくは、蘇我さんが騙されているかどちらかです」

どちらもあずさにとってはよくないが、どちらかというと正彦が騙されている方がましだ。

「もし、彼が嘘をついているなら……」

彼女は結婚して、彼の店を手伝うと言っていた。そこには金銭的援助も含まれている可能性がある。

「結婚詐欺の可能性もあるってこと？」

瑛子がつぶやくと、円は目を見開いた。

「結婚するという話なんですか？　新しい店をはじめるばかりのときに？」

たしかに言われてみれば、同じタイミングではじめる必要はない。

円は眉間に皺を寄せた。

「彼が嘘をついている可能性はあります。うちの前で植えているハーブ。大葉月橘はカレーリーフという別名もあります。珍しいものだけど、スリランカのカレーを作るときに使うんです。エスニックカレーの店をやると言っておいて、それを知らないのは、嘘をついているか、単に不勉強なのか……」

瑛子は息を呑んだ。あずさに知らせなくてはならない。

彼が嘘をついているかもしれない、と言うのは難しいが、建て替えのことだけでも教えられるし、その先は彼女が気づくか気づかないかだ。

結局のところ、結婚詐欺かどうかまではわからなかった。

店の契約は一年になっていて、正彦は一年経ったら別の場所に移るつもりだったと言い張ったから。

だが、あずさは正彦と別れた。貯金をしているから、開業資金はあると言い張った正彦だが、調べると貯金はほぼないことがわかった。

貯金がない状態で店を始めるのはどう考えてもおかしい。

あずさにはこれまで働いて貯めた定期預金がある。そこで彼女はようやく気づいたらしい。

結婚詐欺かどうかはともかく、当てにされているのは自分の預金なのだと。

そこで正彦を家から叩き出し、きれいさっぱり別れたという。

あずさは、すっきりしたように振る舞っているが、彼女が傷ついていないはずはない。そのことに胸は痛むが、少しでも早く気づけたことはよかったと思うしかない。

瑛子の日常は変わらないが、変わらないこともひとつの幸福なのだと最近思うようになった。

ただひとつの変化は、自宅のソファと同じくらい好きな場所ができたことだ。

カフェ・ルーズの窓際の席は、日当たりがよくてとても気持ちがいい。

雲の上の人

新津きよみ

Episode

新津きよみ(にいつ・きよみ)

1988年、『両面テープのお嬢さん』でデビュー。女性心理の機微を鋭く捉えたものやドメスティック・ミステリー、サスペンスを多く手がける。代表的な作品に、『殺人適齢期』、『イヴの原罪』、『胎内余罪』など。ホラーほかその作品世界は多彩だが、『ただいまつもとの事件簿』のように出身地である長野県を舞台にした作品も特徴的。近年は『始まりはジ・エンド』など短編集を精力的に刊行している。2018年、『二年半待て』で徳間文庫大賞2018を受賞。

1

わたしの家は、「名月庵」というそば屋を営んでいます。父が毎日おいしいおそばを打って、母と祖母が店を手伝っています。「名月庵」は、父で二代目です。もとは祖父が出した店ですが、祖父は父が継いだあとに亡くなってしまいました。

「将来、あの子たちのどちらかにいいお婿《むこ》さんがきて、店を継いでくれればいいんだがなあ」

ある日、店が終わったあとに父が母に話しているのが耳に入りました。

「自然にそうなればいいけど、子供の個性を大切にして、あの子たちの好きなようにさせてあげないと。親が子供の進路を決めてはいけないと思う」

母が父を諭《さと》して、「だから、そんなことあの二人には言わないでね。いいわね」と、念を押していました。

父の夢を叶《かな》えてあげたい気持ちはあります。けれども、諦《あきら》めたくない夢もあります。

わたしには、将来、就《つ》きたい職業があります。客室乗務員です。日本では「キャビン・アテンダント」と呼ばれていますが、海外では「フライト・アテンダント」と呼ばれているそうです。

夏休みに飛行機に乗って、福岡の親戚《しんせき》の家へ行きました。そのときの客室乗務員の女性がとても親切で、てきぱきした仕事ぶりに魅《み》せられてしまったのです。

わたしは、国際線の客室乗務員になりたいです。客室乗務員になるためには、大学の外国語学科に進んで語学力を磨《みが》き、国際的な感覚を身につける必要があります。夢の実現に向けて、精一杯がんばりたいと思います。

2

「本当に、バッサリ切っちゃっていいんですか？」

男性美容師は、はさみを持つ手をとめると、鏡の中の客に遠慮がちな視線をよこした。

「いいんです。バッサリやっちゃってください」

西沢《にしざわ》亜美《あみ》は、揃《そろ》えた指を顎《あご》の下あたりに添えて、長さを指定した。背中まで垂れた髪の毛だから、少なくとも二十センチは切ることになる。

「じゃあ、切っちゃいますよ。あとで恨《うら》まないでくださいね」

大きな深呼吸をしてから、美容師は、はさみの輪に入れた親指と薬指に力をこめた。

艶《つや》やかな黒髪の束が切り取られて床に落ちた瞬間、「こんなシーン、映画でありましたね」と、客が受けたであろうショックを和《やわ》らげるように美容師が言った。

「『ローマの休日』ですね」

そう受けて、亜美は目をつぶった。脳裏《のうり》を映画の魅惑的な場面が流れていく。オードリー・ヘップバーン扮《ふん》するヨーロッパの小さな王国の王女は、欧州を旅行中、過密スケジュールにうんざりし、ローマで滞在先の宮殿をそっと抜け出す。解放感に包まれた彼女が最初にしたのは、ヘアサロンで長い髪の毛を切ることだった。髪を短くした彼女は、新しい世界へと羽ばたいていく。彼女にとっての自由の象徴がショートヘアだったというわけだ。

――でも、わたしの場合は……。

耳元が涼しくなったのを感じて目を開けた亜美は、がらりと印象が変わった自分を見て、心の中でかぶりを振った。まるで逆だ。羽をむしり取られたわたしは、もう大空で羽ばたくことはできない。

「ショートヘアもよくお似合いですよ」

ホッとしたような表情の美容師に見送られて、亜美は美容院をあとにした。その足で東京駅へ行き、新幹線乗り場へ向かう。亜美の実家は、長野県上田市にある。北陸新幹線が停《と》まる駅だ。

自由席の窓側に座ると、自然と吐息が漏《も》れた。

――客室品質企画部への異動を命ずる。

ひと月前に出た辞令の文字が、頭の中で膨《ふく》れ上がる。亜美は、大学の外国語学部英語学科を卒業後、客室乗務員として大手航空会社に採用され、国内線を二年経験したのちに国際線へと異動になった。その国際線も二年経験し、今年で三年目に入るはずだった。国際線で五年以上のキャリアを積んだ上でパーサー、次にはチーフパーサーとしての訓練を受ける。まわりの先輩たちを見てもそういう段階を踏んで順調にキャリアを重ねている。意気込んでいた矢先の思ってもみなかった部署への異動だった。

「どうしてわたしなんですか？」

「ずっとこのまま地上勤務なんですか？」

「いつ乗務に戻れるんですか？」

いずれの質問にもはっきりとした回答はなかった。かわりに、上司から客室品質企画部の説明がなされた。

「あなたも四年間乗務してみてわかったでしょう。旅行先に向かう機内で、お客さまが一番楽しみにしているのが食事だということが。あなたには、客室品質企画部でおもに機内食の企画開発に携《たずさ》わっていただきます。実際に機内でお客さまにサービスを提供した客室乗務員としての視点や声を、メニューやオペレーションに反映させるという重要な役割を担っているのですよ」

上司の言葉は、右の耳から左の耳に抜けていった。

——大空を飛ぶこと。

亜美にとってはそれが天職で、地上にいる自分など考えられないのだ。客室乗務員になるのは、中学時代に「将来の夢」と題された作文を書かされたときからの夢だった。

それなのに、翼《つばさ》をもがれて地上に降ろされ、しかも、地上業務の中でも機内食の開発に回されるとは……。

――これは、わたしへの嫌がらせなのではないか。

郷里へと近づいていく新幹線の中で、亜美はこれまでの業務を顧《かえり》みた。大きな失敗はしていないつもりだが、小さな失敗ならいくつかある。乗客からの呼び出しが複数重なったとき、年配の女性に毛布を届けるのを忘れてしまったこと、ミネラルウォーターのガス入りとガス抜きを取り違えたこと、機内に置く雑誌の種類を間違えたこと。だが、心あたりはそのくらいだ。誰でも一度や二度は同じようなミスを経験している。それなのに、なぜ、自分が国際線歴二年でいきなり地上勤務への異動を命ぜられたのか、どんなに考えてもわからない。

――実家がそば屋だから……。

結論は、やっぱり、そこにいきついてしまう。人事を考察する際に、きっと誰かが「西沢さんのご実家は信州のおそば屋さんだそうだから、食関係の仕事はぴったりじゃないかしら」などと進言したのだろう。

二年前に祖母が亡くなってから、実家のそば屋「名月庵」は両親が切り盛りしており、亜美の姉の裕美《ゆみ》が手伝っている。

上田駅に着くと、亜美は重たい足取りで実家へと向かった。

3

西沢裕美は店に入るなり、白いエプロンをつけたままなのに気づいた。あわててエプロンをはずし、店内を探すと、観葉植物で仕切られた奥の席に彼はいた。

「仕事中なのにごめん」

と、中腰になりながら、嶋田晃《しまだあきら》が言った。彼の前に置かれたコーヒーがだいぶ減っている。店員にコーヒーを注文して、裕美は嶋田の前に座った。

テーブルを挟んで真正面から彼の顔を見るのは、二年ぶりだった。垂れた目じり、濃い眉毛、どっしりした鼻、厚い唇。すべてが昔のままだ。懐《なつ》かしさが胸にこみあげる。

「さっきはびっくりしちゃった。いきなりお店に入ってきたから」

懐かしさを抱《いだ》いているのを悟《さと》られまいとして、裕美は明るい口調で言った。

「急に決まった出張だったし、それに……」

と、嶋田は言いよどんで、コーヒーに口をつけた。

——いちおう、別れ話をして別れた二人だから、連絡なんてできなかったんだよ。

それで、一人の客としてそ知らぬ顔で入店したんだ。

嶋田の言い訳の先を心の中で引き取って、裕美も運ばれてきたコーヒーを飲んだ。そうやって気持ちを落ち着ける。

「はじめて入ったけど、いい店だね。ざるそばもおいしかったよ。お父さんの手打ちなんだろ？」

と、嶋田は、「名月庵」のそばを褒《ほ》めた。

「ありがとう。うちの父は、信州産のそば粉にこだわっているの。生地《きじ》を練る回数を平均よりも多くしたり、お年寄りにも食べやすいようにと細切りにしたり、いろいろ工夫しているわ」

「君は……」

「わたしは、まだ本格的に打たせてもらえないの。休みの日に父に教わる程度でね。『まだおまえのそばは店には出せない』って言われて。最初に粉を入れた木鉢に水を含ませて、手でこねるのだけど、その水回しの作業が腰に負担がかかって大変で」

裕美は、そう答えて肩をすくめた。木曜日の午後二時少し前に来店した昔の恋人、嶋田晃に驚きながらも、両親に動揺を悟られまいとして平静を装《よそお》いながら接客した裕美だったが、支払いのときに彼から渡された紙に胸を躍《おど》らせてしまった。その瞬間、ああ、わたしはまだ彼のことが忘れられないでいるのだ、と自分の本心に気づいたのだった。紙には「駅前の喫茶店で待っている」とあり、店名が記されていた。それで、昼どきの客が途切《とぎ》れるのを待って駆けつけてきたのだった。

「君らしいセンスのいいメニューがいくつかあったけど」

テーブルに置かれていたメニュー表を見たのだろう。裕美が手書きで作ったものだ。色鉛筆で描いたイラストを添えている。

「ああ、そばガレットとかそば茶プリンとかね。でも、あんまり出ないの。ほら、ああいう昔ながらの構えの店だから。お客さんもサラリーマンや年齢層の高い人が多いし、おしゃれな料理なんて注文しないわ」

「観光客向けにもっと宣伝すればいいのに。最近は、若い女性や外国人の観光客も増えているようだし」

「そうね。てこ入れは必要だと思っているんだけど、お店は住宅街にあるし、立地的にちょっとむずかしくて。SNSを活用して、もっと積極的に情報発信していけばいいんでしょうけど」

しかし、店主である西沢修平《しゅうへい》が首を縦に振らないことにはどうにもならない。祖父譲りで「うまいそばさえ打っていれば客は来る」が信条の昔気質《むかしかたぎ》の修平を説得するには、まず「SNSとは何か」から説明する必要がある。だが、いざ説明しようとすると、「そういうのはいい。頭が痛くなる」と、修平は耳をふさいでしまうのだ。

「仕事はどう？」

家業について語るのをやめて、裕美は相手の近況を尋《たず》ねた。

二年前まで、裕美は京橋の食品輸入会社に勤めていて、嶋田が勤務する大手外食レストランチェーンの本社は日本橋にあった。二人が知り合ったのは三年前。裕美の会社が輸入しているイタリア産オリーブオイルの説明会の会場に、クライアントの営業マンとして嶋田が訪《おとず》れ、説明を担当したのが裕美だった。

「相変わらずだね」と、嶋田は短く答える。

営業本部の嶋田は相変わらず残業続きなのだろう、と裕美は察した。国内にかぎらず、海外出張も多い。交際していたころも平日はデートするような時間はとれず、週末に互いの住まいを行き来していた。

「今回は長野への出張があって、それで上田に寄ってみた。……君も忙しいんだろ？　休みは週一？」

「ええ、定休日は火曜日。忙しいといってもバイトを雇《やと》うほどじゃないし、何とか家族三人でやってるわ」

祖母が亡くなったのをきっかけに、裕美は会社を辞めて郷里に帰り、家業を手伝う決断をした。したがって、別れを切り出したのも裕美からだった。

「わたしの進む道は決められているの。嶋田さんは、自分の仕事を支えてくれるような女性との出会いを求めるべきよ。せっかく希望の会社に入れたんだから、定年まで勤めあげてほしいわ」

「いますぐに結論を出さなくてもいいだろう。遠距離恋愛って方法もあるんじゃないか？」

と、翻意《ほんい》を促《うなが》した嶋田に、裕美はきっぱりと言った。

「わたしは『名月庵』を継がなくちゃならないの。一緒になる人は父の片腕になれる人しかいない」

それを決定的な別離の言葉ととらえて、嶋田は身を引いたのだった。

「お父さんの片腕になれるような人は現れたの？」

当時の言葉を覚えていたのか、嶋田は聞いた。

「いまどき、そば職人として修業をしたい、なんて言い出す殊勝《しゆしよう》な若者はいないわ。それに、いたとしても、父は頑固な性格だからうまくいかないと思う。そんなこんなで、やっぱり、実の娘がいいのね。何でも遠慮なく言える間柄だから」

嶋田の質問に答えておいて、「で、そっちは婚活しないの？」と、裕美は矛先を返した。

「そんな暇はない。というより、そんな意欲はない」

苦笑いを浮かべて答えると、嶋田は言い添えた。「誰かさんのことが忘れられなくてね」

わたしのことだと思って、裕美の心はざわついた。胸が高鳴り、鼻の奥がつんとする。

「でも、どうしようもないでしょう？」

そうだ、どうしようもない。裕美は、まるで自分の胸に言い聞かせるかのように苛《いら》立《だ》ちをこめて返した。

「どうしようもないかどうか、しばらく考えてみてから結論を出そうと思う」

と、嶋田は謎めいた言葉を投げてから、「妹さんはどうしてるの？　確か、キャビン・アテンダントだったよね」と、もう一人の家族の亜美に言及した。

「何日か前に連絡があったわ。有休をとって帰省するって。あの子、異動になったみたいで」

——地上勤務になった。有休とってそっちに行く。

ＬＩＮＥのメッセージはそれだけだったが、行間から亜美の無念さが立ち上るのが裕美にはわかった。「雲の上がわたしの職場。わたしは大空を飛び続けたい」と、公言していた亜美である。

「異動って？」

「国際線から地上勤務に」

「へーえ、そういうこともあるのか。妹さん、何年間乗務したの？」

「国内線二年、国際線二年かしら」

「そう」

嶋田は、しばらく視線を宙に泳がせてから裕美に戻すと、「姉妹で会うのは久しぶり？」と聞いた。

「半年ぶりくらい。妹は仕事が忙しいみたいで、暮れにも帰って来なかったの」

「君たちは……年子だったよね」

「えっ？　ああ、そうね」

裕美は、うなずくと嶋田から視線をそらした。亜美の話は人前ではあまりしたくない。最初に嶋田に「きょうだいは？」と聞かれて、「妹が一人」と答えたときのことを思い出す。

――妹さんはいくつ？

――わたしが一九九一年生まれで、妹が一九九二年生まれで……。

そういう答え方をしたら、

――へーえ、姉妹で年子か。

と、嶋田の目が好奇な光に満ちたので、少し嫌な気分になった。そして、もっと重い気分にさせられたのは、妹の職業を問われたときだった。

――妹の亜美は、航空会社のＣＡなの。

そう答えたら、嶋田は途端《とたん》に身を乗り出した。嶋田だけではない。大半の男性は、裕美の妹の職業が航空会社の客室乗務員――キャビン・アテンダントと知ると、好奇心を隠さずに質問を重ねてくる。母親の世代には「スチュワーデス」という呼称で親しまれていた客室乗務員は、昔もいまも変わらぬ女性のあこがれの職業だ。華やかな職業に就いている妹に比べて、そば屋のあと継ぎ娘である姉の地味さは否めない。

「妹さん、実家でゆっくり骨休めができるといいね」

交際していただけあって、裕美が妹の話を避けたがっているのに気づいている嶋田は、明るくそう言うと、話題を仕事関係のものに切り替えた。

4

店に戻ると、表に「準備中」の札が掛けられていた。三時から五時まではいちおう休憩時間となっている。もっとも、夕方から夜の仕込みをする必要があるので、完全な休憩となるわけではない。修平は身体《からだ》を休めるために、一時間ほど仮眠をとる習慣がある。

「お友達と会ってきたの？」

店のテーブルを拭《ふ》いていた母の和子《かずこ》が顔を上げた。

「ちょっと息抜き。わたしだって、たまには息抜きしてもいいでしょう？」

和子から視線をそらして、裕美は答えた。母の勘は鋭い。何か勘づかれたのだろうか。訝《いぶか》っていると、「ちょっと前に亜美が帰ってきたわ。あの子に会ったら、びっくりすると思う」と、和子の関心がよそに移った。

店舗と母屋《おもや》は、廊下でつながっている。修平が仮眠をとっている部屋を通り過ぎ、リビングへ行くと、亜美がソファでくつろいでいた。

その亜美の姿を見て、和子の言葉の意味を理解した。

「どうしたの、その頭」

背中まであった亜美の髪の毛が顎のあたりで切られている。客室乗務員は清潔さと優雅さが命と言い、シニヨンにするために伸ばした長い黒髪は、亜美の自慢だったはずだ。

「さっぱりしたかったから」

亜美は、そろそろと身体を起こすと、リモコンを持った手を突き出して漫然と観《み》ていたらしいテレビを消した。

「異動になったことと関係あるの?」

「大あり」

と、亜美は不機嫌さを丸出しにして答えた。「客室品質企画部で、機内食の企画開発をしろ。そう命じられちゃったわ」

「機内食って、飛行機の中で出される食事?」

「あたりまえのことを聞かないでよね」

亜美の言葉に怒気がこもる。その態度で、それが彼女にとって不本意でイレギュラーな異動であることが理解できた。ふて腐《くさ》れた亜美は、やけ食いならぬ「やけ切り」に走って、衝動的にショートヘアにしてしまったのだろう。

「おもしろそうな仕事じゃないの」

気休めではなく心底思って言ったのだが、「適当なこと言わないで」と撥《は》ねのけられた。

「しばらく地上業務に就いたあと、また雲の上に戻れるんでしょう？」

「そんな保証はない」

「いままで機内食のサービスに従事してきた知識を、今度はその内容を考えることに生かして、そこで学んだことを次にはまた機内で生かせるじゃない。わたしは、すごく貴重な体験だと思うけどな」

「お姉ちゃんは、ＣＡの仕事について何にも知らないから無責任なことが言えるのよ」

亜美の目がきつくなる。

——家業から目をそらし続けてきたあなただって、そば屋の仕事について何にも知らないくせに。

そう反論したかったのを、裕美は深呼吸をすることで抑えると、「すべてが思いどおりにいく人生なんてないわよ。新しい仕事に前向きに取り組んでいれば、そのうち必ず評価してくれる人が現れて、好きな職場に復帰できるはずよ」という正論に変えた。

「我慢が足りない。そう言いたいんでしょう？　どうせ、わたしは申年だから、忍耐力に欠けるのよ。未年のお姉ちゃんとは違うの」

「干支《えと》なんて関係ないわ。わたしたちは、血液型も同じなら、星座も……同じじゃないの」

「わたしは干支占いを信じる。未年のお姉ちゃんは、見た目は穏やかそうで弱そうだけど、芯《しん》が強くて本当は負けず嫌い。長所は、平和主義で争いごとを嫌い、調和を好む点で、短所は、慎重すぎること。恋愛に関しても受身で、ロマンチスト。相手を第一に考えて、身を引くところがある。対して、申年のわたしは、派手好きで目立ちたがり屋。巧みな話術と器用で行動力がある点は長所だけど、チャレンジ精神が旺盛《おうせい》で、何でもすぐに習得するわりには、飽きっぽくて持久力と忍耐力に欠ける。恋愛に関しても、あたって砕《くだ》けろ、で思いきって行動に出て玉砕《ぎょくさい》することも多い。どう？　的を射ているでしょう？」

「さあ、どうかしら」

　とは受けたものの、内心ではドキドキしていた。恋愛に関してはあたっているかもしれない。仕事人間である嶋田の将来を考えて、裕美から去った形だからだ。

「いいかげん、気持ちを切り替えて。もう子供じゃないんだから。いつまでもへそを曲げていても始まらないでしょう？　で、どのくらい休暇をとったの？」

「五日間」

「そのあいだはずっと休めるの？」

「一つだけ仕事が入ってる。長野のホテルでのイベントに出席してほしい、って。信州の名産品を各企業に紹介する物産展があって、どういうものを機内食に取り入れたらいいか、レポートにまとめないといけなくて。でも、出たくない」

「サボるつもりなの？」

「体調が悪いから行かない」

「駄々《だだ》をこねないで。そういう怠慢《たいまん》な姿勢は、社会人として許されないでしょう？」

「じゃあ、お姉ちゃんが行けばいいじゃない。食に関しては、お姉ちゃんのほうがわたしよりずっとくわしいんだから」

そう言ってぷいと横を向くと、亜美はまたテレビをつけた。

5

　ビジネス用のスーツを着てパンプスを履《は》くのは久しぶりだった。東京で仕事をしていたときと体型が変わっていないから、当時のスーツも靴も着用できた。物産展の案内状は亜美から渡されている。

　長野駅と通路でつながったJR系列のホテルには、何度か訪れたことがあった。だが、いずれも「西沢裕美」としてであった。今回は、「西沢亜美」として出席するのだ。「大丈夫、会社の人は来ないから」と亜美に言われてはいたが、ばれないだろうか、という不安は胸の中に渦巻いている。

　物産展の会場となった宴会場の受付で芳名帳《ほうめいちょう》に記名し、会場に入る。後ろの席に座って、入り口で渡された分厚いパンフレットに目を通す。会場に集まったのは百二十人くらいだろうか。長野県――信州は、四つの地域に分かれている。北信、東信、中信、南信。時間になると、司会者が今回の物産展の趣旨を説明し、次に、その地域の代表者がそれぞれプロジェクターやスライドなどを使って、地域の特色や、果物や野菜や酒類を含めた名産品の紹介を始めた。信州の漬物に関する本を出している和服姿の女性による漬物の歴史や種類についての説明もあり、途中から裕美は、亜美の代理できていることも忘れて、説明に耳を傾けるのに夢中になっている自分に気づいた。

「では、隣の会場に移動して、みなさま、ぜひ信州の名産品の数々をご賞味くださいませ」

説明が終わると、衝立《ついたて》をはずした隣のスペースが立食パーティー会場になっていて、そこに案内された。

会場には地域別にいくつかブースが設《もう》けられ、小鉢に入った野沢菜などの漬物や山菜料理や川魚料理をはじめとした郷土料理が盛られた皿のほかに、おやきや五平餅《ごへいもち》などの信州名物の食品が並べられている。地ぶどうを使ったワインや地酒もふんだんに用意されていて、家業の手伝いで外に出る機会の少ない裕美は、おいしいものがただで食べられる、と無邪気《むじゃき》に喜んでしまった。

しかし、「食レポート」を書いて、今後の機内食の企画開発に役立てなくてはいけない。

——ドライフルーツは何かに応用できるかもしれない。

あんずは、千曲《ちくま》市が誇る名産品でもある。北信のブースであんずやりんごのドライフルーツを試食していると、「西沢さん」と男性の声に呼ばれ、裕美は身体を硬直させた。

振り返ると、グレーのスーツ姿の見知らぬ男が微笑《ほほえ》んでいる。

「あ……ご無沙汰しています」

会社員時代、ひと月会わなくてもそう挨拶《あいさつ》するように言われたのを思い出し、口にしたら、「先週会ったじゃない。何の冗談？」と、四十代半ばに見える男は両手を広げた。

亜美の勤務先の人間らしい。

「あれ、ちょっと雰囲気変わった？」

グレーのスーツの男は、かすかに眉をひそめて裕美の頭へと視線をやった。

「ああ、心機一転、髪を切ったんです。それで……」

家業を手伝い始めてから、裕美はショートカットにしている。亜美の髪型が自分に近づいたというわけだ。

「そうか。やっぱりね」

と、男はうなずきとともにため息をついた。「西沢さん、地上勤務に異動になって、かなりショックを受けたんじゃない？」

「ええ、まあ」

「でも、大丈夫だよ。それは、西沢さんが評価されている証拠でね。客室品質企画部に二、三年いたら、また上に戻れるよ」

男は、上に、というところで人差し指を天井に向けた。

「本当ですか？」

それが本当であれば、異動になって落胆している亜美に伝えたい。

「ああ、ちょっと紹介したい人がいるんだ」

男が会場の誰かを探すそぶりを見せたので、裕美はあせった。亜美が言ったとおり、ＣＡの仕事については何も知らない。専門的なことを聞かれたらボロを出しかねない。

「こちら、大前《おおまえ》さん。銀座の有名な和食店の料理人で、うちのファーストクラスに料理を提供してくれている。西沢さんのことはちらっと話してある」

紹介されたのは、修平と同世代の恰幅《かっぷく》のいい男性だった。

「すみません。異動したばかりでまだ新しい名刺がなくて」

店名の入った名刺を差し出されて、裕美はそう言い訳した。それは事実で、亜美からは新しい名刺を渡されていない。

「並木《なみき》さんに聞きましたが、西沢さんのご実家は、おそば屋さんだそうですね。ファーストクラスで手打ちそばを提供するとしたら、あなたならどうしますか？」

いきなりそう質問されて、裕美は面食《めんく》らった。それでも、そばに関しては二年間、職人である父の傍《かたわ》らで見て学んでいる。短大で栄養士の資格もとっている。京橋の食品輸入会社時代には、空いた時間に料理教室に通ってイタリアンや和食を習った。それなりの知識は備えている。

「手打ちそばの賞味時間は、打ってから五時間が限度とされています。ですから、五時間以内に提供できるように、逆算して手打ちの時間を決めて搭載《とうさい》することになると思います。機内で茹《ゆ》でる場合は、気圧の違いから沸点も地上とは微妙に違ってきます。一般的にラーメンのような麺《めん》を茹でる温度は八十三度から四度と言われていますが、おそばの場合はまた違うでしょう。それは機上で実際に実験してみないとわかりませんけど。でも、どうやっても、打ってすぐに茹でて食べるおそばのおいしさにはかないません。うす焼きにして信州みそをトッピングしたり、そばガレットとして出したり、デザートでそば茶プリンを提供したりする案も考えられるでしょう」

「さすがですね。ちゃんと家業の勉強をされている」

料理人の大前は、感激したように言い、裕美の手を握った。

「西沢さん、すごいじゃない。実家で勉強したの？」

大前に「並木」と呼ばれた男に聞かれて、裕美は「ええ、まあ、少しだけ」と答えておいた。そばに関する亜美の知識は乏《とぼ》しいが、帰ってから一緒にレポートをまとめながら指導すればいい。

「上田に帰らないといけないので」

このあとホテルのバーで一杯どう？　と並木に誘われたのを断って、裕美は会場をあとにした。何とか急場をしのいだ、と胸を撫《な》でおろした。

6

それからひと月後に、ふたたび「名月庵」に嶋田が来店した。今回も事前連絡はなく、前回より遅い二時を回った時間だった。ちょうど「今日は、お客さんが少なくて暇ね」「ほんと、あくびが出ちゃうね」と母娘で話していたところに、「まだ大丈夫ですか？」と、長身の嶋田が暖簾《のれん》をくぐって入ってきたのだ。

「ああ……どうぞ」

動揺を隠して、裕美が調理場から一番離れた席に通すと、「ざるを一つ」と、嶋田がよく通る声で注文した。

「はい、ざるですね」

応じたのは和子で、すぐに注文を伝えに奥に引っ込んだ。

「連絡くれればいいのに」

と、裕美が水を運びながら小声で言うと、

「どうしようもないかどうか、しばらく考えてみてから結論を出そうと思う。そう言っただろう？」

と、嶋田はごく普通の声量で返す。

裕美は、心臓の鼓動が速まるのを感じた。何らかの結論を出した、ということだ。それは、二人の今後に関することに違いない。

調理場に行くと、「裕美、あなたが運んで」と、和子がざるそばがセットされた盆《ぼん》を渡した。

「準備中の札にしろ。俺はもう奥で休む」

と、二人に背中を向けたまま、茹で場の前で修平が言った。

裕美が困惑した顔を和子に向けると、「あの人、何か話があるからきたんでしょう？」と、和子は小声で言い、笑顔でよどみなく言葉を紡《つむ》いだ。「このあいだ気づいたのよ。お母さんがそんなに鈍感だと思った？　自分の娘のことだもの、さすがにピンときたわ。大丈夫、お父さんは気づいていないと思うから」

父とは顔を合わせずに、裕美は店に戻って、嶋田のテーブルに料理を運んだ。

「うまそうだ。いただきます」

威勢よく音をたてながら、嶋田がそばをすする。豪快で気持ちのよい食べっぷりだ。

裕美は、修平に言われたとおりに表の札を「準備中」に変えた。

隣のテーブルの席に座って、嶋田が食べ終わるのを待つ。調理場は静かだ。和子は聞き耳を立てているのではなく、本当に母屋に引っ込んだらしい。

そば湯を勧めて、裕美は嶋田が口を開くのを待った。

「妹さんとは会えた？　地上勤務の前に有休がとれて、骨休みにきたんだろう？」

しかし、裕美の妹の亜美の話題から始まった。

「休みを一日繰り上げて帰ったわ」

裕美は、晴れ晴れとした顔の亜美を思い出して答えた。

あの日、物産展の会場で会った並木の話をしたら、「ああ、並木さんは、わたしの研修時代の教育係りの一人よ」と、亜美は声を弾ませたのだった。「彼は元チーフパーサーで、地上業務に変わってからもたまに顔を合わせていたの。いまは広報の仕事をしているわ」

その並木の言葉を伝えた途端、亜美は元気を取り戻した。「並木さんの言葉にうそはないはず。わたし、二、三年で戻れるんだ。だったら、いまの仕事を一生懸命やって、成果を得て雲の上に戻りたい。こうなったら、六十五歳の定年まで空を飛び回るぞ」

もともとがんばり屋で単純な亜美は、俄然《がぜん》奮起して、裕美が下書きをしたレポートを丹念に読み込んだ上で、独自の意見も取り入れながら、自分のレポートとしてまとめあげた。それを持って、有休を消化する前に帰京したのだった。

「妹の亜美さんには、ぼくは会ったことがあるんだ」

そば湯をひと口飲んで、嶋田が言った。

裕美は、顔をこわばらせた。

「去年の夏だったか、シンガポールへ行く便でね。最初に見たとき、すごく驚いたよ。君がいるかと思った。君がＣＡの制服を着て、飛行機に乗っているとね」

裕美は、言葉を返せずにいた。

「しかし、そんなはずはない。そこで思い出したのが、君に妹がいるという話だった。キャビン・アテンダントの妹がね。だけど、ぼくは君たちを年子だと思い込んでいたから。確か、生まれた年は違ったんだよね」

「一年違いよ。干支はわたしが未で、妹が申だけど」

「正確な意味では、君たちを『年子』とは言わない。でも、君は否定しなかった。わけがあるんだろうと思ったから、わかったあとでも追及しなかったけどね。あのときのCAさんは、君にそっくりだった。それもそのはず、君たちは一卵性双生児なんだろう？」

「そうよ、双子《ふたご》よ」

と、裕美は簡単な言葉に言い換えた。自分の口からはあまり言いたくない言葉だった。

「いままで黙っていたわたしを責める？」

「いや、責めるつもりはない。真実がわかって、気持ちがすっきりした。それだけだよ」

そう答えると、嶋田は背筋を伸ばした。「それで、大事な話がある」

「何？」

「転職しようと思う」

「転職って……いまの仕事を辞めて、ほかの仕事に就く、という意味？」

まさか、という熱い思いが胸にこみあげ、気が動転した。裕美は、嶋田の太い二の腕の筋肉が、そばをこねるたびに揺れる姿を想像したのだ。

「早とちりしないでくれよ」

すると、嶋田が破顔した。「いますぐお父さんに弟子入り《でし》するってわけじゃない。長野市の会社に転職しようと考えているんだ。いまの会社の取り引き先で、レストランに食材を卸《おろ》している。『長野で仕事をしたい』と話したら、そこの社長に誘われたんだよ」

「長野市に引っ越すの？」

「ここから通ってもいい。この近くにアパートを借りて、君と住んでもいい。ご両親さえよければ、ここに住んでもいいし」

「後悔しないの？　いずれは……そば職人になる人生が待っているのよ」

そこまで細かく考えていてくれたことに感激して、裕美は声をうわずらせて言った。

「君のおじいさんだって、最初は役場に勤めていたんだろう？　趣味が高じて土地の一角をそば屋にした、と君から聞いた覚えがある。それから、お父さんだって……」

「そうよ、元郵便局員。最初は、その気なんてまるでなかったのに、自分の父親の姿を見ていたら、『そば屋に定年はない。一生の仕事にするのは、やっぱり、そば屋だな』なんて言って、郵便局を辞めちゃったの」

と、裕美はそのあとを引き取った。

「ぼくも同じ道を歩もうと思う。定年のない仕事を選ぶ運命だったんだよ」

嶋田はそう言って、濃厚な味で自慢の「名月庵」のそば湯をまた飲んだ。

7

「次はちゃんと連絡してから来るよ」と言って嶋田が帰ったあと、裕美は、余韻《よいん》に浸るように彼のぬくもりがまだ感じられる椅子に座っていた。

「裕美、ごめんね」

そこへ母屋にいた和子が現れた。「ずっとあなたにばかり我慢させちゃって」

「何のこと？　我慢なんてしてないけど」

「あなたには、姉としての顔を押しつけてきたわ」

裕美の前に座って、和子は言った。「あなたたちは双子で、ほぼ同時刻に生まれた。本来は、姉も妹もない、同等の立場のはずなのに、お母さんが自分の考えに固執《こしつ》したばかりに……

「そのことだったら、わたし、何とも思ってないわ」

裕美は首を横に振ったが、声の調子は弱かった。わだかまりを捨てるまでには時間がかかったからだ。

「一九九一年十二月三十一日。年越しそばで猫の手も借りたいほど忙しいときなのに、大晦日《おおみそか》の夕方に産気づいてしまって。お店をおじいちゃんとおばあちゃんに任せて、お父さんが産院に連れて行ってくれたわ。裕美が生まれたのが午後十一時五十二分だった。それから、十六分後の午前〇時八分に亜美が生まれた。日付が変わって、年もあらたまっていたわ。干支も未から申に変わっていた。あとで先生に、『どちらかに揃えますか？』と聞かれたわ。生まれた年を統一しますか、という意味よね。でも、お母さんはそうしなかった。生まれてきたありのままの時間を母子手帳に記入してほしかったの。あのときは、そうすることに価値がある気がしたのよ。年をまたいであなたたちが生まれてきた。その感動を記録の上で残したかったの。だから、正確な出生時間を届け出た。お母さんのわがままよね」

「わがままなんかじゃないわ。お母さんの気持ちはよくわかる」

裕美は、さっきよりも激しく首を振った。事実を曲げることが嫌い。自分の気持ちに正直。それは、母親の美点でもあった。

福岡のかまぼこ店に生まれた和子は、三姉妹の長女だった。亡くなった裕美の祖父の友人がそのかまぼこ店を紹介してくれたこともあり、祖父は、無添加でおいしいと評判のかまぼこを福岡から取り寄せて「名月庵」で出していた。その関係で、和子は修平と引き合わされたのだが、ほとんど和子のひと目惚《ぼ》れだったという。長女ゆえに家業のかまぼこ店を継ぐかどうか迷ったらしいが、最終的に自分の気持ちを優先させて上田に嫁《とつ》ぐことを決めた。結局、かまぼこ店は妹たちも継がずに経営者の高齢化によって閉店した。

「小さいころは、どちらが姉か妹かなんて本人たちも意識せずに、犬ころみたいに仲よくじゃれ合っていたわ。お互いに『亜美』『裕美』と呼び合ってね。それが、大きくなるにつれて、まわりの人たちが『どっちがお姉さん？』『どっちが妹さん？』と聞くようになって、姉である自分、妹である自分、をあなたたちは意識するようになっていったのね。双子といえども性格は違う。控《ひか》えめなあなたに対して、亜美はお調子者でちゃっかりしたところがあって、妹でいることで得することが多いのがわかると、あなたへの呼び方も『お姉ちゃん』に変えた。それで、余計、裕美は姉である自分を意識するようになっていった。そうでしょう?」

「十六分とはいえ、わたしのほうが早く生まれたんだもの。姉には違いないわ」

「でも、それで、我慢を強《し》いられることが増えたわ。あのときだって……」

和子は、目を細めて昔を思い出す表情になった。「中学校で将来の夢について作文を書いたでしょう? あなたたちはクラスは違ったけど、同じ題名で書かされた。亜美の将来の夢が何だったか、覚えてる?」

「国際線の客室乗務員になること」

と、裕美は答えた。はっきり覚えている。その年の夏休み、和子の実家がある福岡へ姉妹で飛行機に乗って行ったのだった。機内では制服姿のきれいな客室乗務員のお姉さんが、やさしい笑顔で迎えてくれて、中学生二人きりの旅の世話を焼いてくれた。

「裕美、あなたの夢は何だったの?」

「何って、決まってるじゃない。『名月庵』を継ぐことよ。お母さん、わたしの作文を読んだでしょう?」

その作文が載《の》った文集は、読み返す気にはなれずにいた。

「文集に載せたほうはね。だけど、お母さんは知ってるのよ。あなたの部屋に捨ててあった下書きを読んでしまったから。しっかりした文章のすばらしい作文だった。むずかしい漢字もよく書けていたわ。あなたは、亜美が書いた作文を先に読んで、亜美の夢が客室乗務員になることだとわかったから、自分の作文を書き直したんでしょう？　それで、自分の夢を諦めたんでしょう？」

「それは違う」

裕美はかぶりを振ると、語調を強めた。「確かに、一度はそういう夢を抱いたわ。亜美だけど、客観的に見たら、やっぱり、亜美のほうが客室乗務員に向いていた。亜美はものおじしない性格だから積極的に外国人に話しかけるし、英会話教室でも意欲的に勉強して、あっというまに英語を習得してしまった。スポーツもわたしより得意で、水泳で身体を鍛えていたから体力もあった。頭の回転も速いし、コミュニケーション能力も高い。亜美にはCAとしての適性があったのよ。だから、難関の採用試験も通ったわ」

「裕美は、亜美のことをそんなふうにしっかり見ていたのね」

「でも、お母さん、わたしは嬉《うれ》しかったのよ。あのとき、二人のどちらかにいいお婿さんがきて、店を継いでくれればいい、と言ったお父さんを、お母さんは諭してくれたでしょう？　あの言葉に支えられて、わたしはいままでくじけずにやってこられたんだと思う」

「本当にそう思ってくれるの？」

目を伏せていた和子が顔を上げた。

「あたりまえでしょう？　それに、いずれ……お父さんの言葉どおりになりそうだし」

裕美が微笑むと、それが伝染したかのように和子も微笑んだ。

8

わたしの家は、「名月庵」というそば屋を営んでいます。父が毎日おいしいおそばを打って、母と祖母が店を手伝っています。「名月庵」は、父で二代目です。もとは祖父が出した店ですが、祖父は父が継いだあとに亡くなってしまいました。

「将来、あの子たちのどちらかにいいお婿さんがきて、店を継いでくれればいいんだがなあ」

ある日、店が終わったあとに父が母に話しているのが耳に入りました。

「自然にそうなればいいけど、子供の個性を大切にして、あの子たちの好きなようにさせてあげないと。親が子供の進路を決めてはいけないと思う」

母が父を諭して、「だから、そんなことあの二人には言わないでね。いいわね」と、念を押していました。

母の言葉も嬉しかったけれど、わたしは父の夢を叶えてあげたいと思います。

祖父も父も違う仕事からそば屋に転職しました。

わたしも将来、祖父や父のようなおそばが大好きな人と結婚して、「名月庵」を継ぎたいです。「名月庵」の暖簾を守るのがわたしの夢です。

碧野圭

はちみつはささやく

Episode

碧野圭（あおの・けい）

フリーライターや書籍編集者を経て2006年、女性編集者を主人公にした『辞めない理由』を刊行。痛快なお仕事エンターテインメントとして注目を集めた2007年刊の『ブックストア・ウォーズ』はその後、書店ガールシリーズとして書き継がれる。そのほか、フィギュアスケートの世界を描いた『銀盤のトレース』のシリーズ、弓道をテーマにした『凛として弓を引く』のシリーズ、『菜の花食堂のささやかな事件簿』のシリーズなど。

「次は玉ねぎを炒めて」

下河辺《しもこうべ》靖子《やすこ》先生はボウルを傾け、みじん切りの塊を一息にフライパンに滑り入れた。玉ねぎとオリーブオイルが反応し、じゅわっと景気のいい音が弾ける。

「先生、ニンニクは？」

助手の私はすかさず注意する。

「あら、やだ。忘れてた。ほんとそそっかしいわね」

「やり直しましょうか？」

私は新しいフライパンを手に持って構えている。

「いいの、いいの。混ぜてしまえばおんなじだから」

靖子先生はヘラで玉ねぎを移動させ、奥の方に空白を作った。そこにオリーブオイルを少し足して、あらかじめ用意されていたニンニクのみじん切りを入れる。

「ほんとはニンニクを先に炒めてから玉ねぎを入れるんですけどね。そちらの方がニンニクの香りがよく出ますから。……みなさんは真似しないでくださいね」

靖子先生はそう言いながら、ちっとも悪びれていない。七人いる生徒たちも、靖子先生の笑顔につられて笑みを浮かべる。

「玉ねぎがいい色になるまでにちょっと時間が掛かりますけど、おいしくなあれ、って唱えながら炒めると、ほんとにおいしいソースになりますからね」

靖子先生はフライパンを振って、玉ねぎを躍らせた。ニンニクと玉ねぎに火が通り、食欲を刺激するいい香りが漂ってくる。

「めんどくさいと思って嫌々やると、やっぱりめんどくさい味になります。『おいしくなあれ』というのは魔法の言葉ですから、家で作る時もこれを忘れないで。……ほうら、いい色になった」

うっすらと黄味がかった玉ねぎを見て、靖子先生は満足そうな顔になる。靖子先生はほんとうに料理が好きなんだなあ、と思う瞬間だ。

「ここにさっきのトマトを一気に入れてかき混ぜる。ざっと混ざったら、ワインをカップ二分の一。これは赤でも白でもかまいません。家で余っているワインがあったら、そちらを使ってね。それから塩もぱらぱらとふたつまみくらいかしら」

生徒たちは一斉にメモに書きつけをする。私も『ワイン、赤でも白でも〇K』とレシピのプリントの隅に書き込みをした。

「後は細火にして、時間がおいしくしてくれるのを待ちましょうね」

「先生、バジルは入れないんですか？」

すかさず念を押す。忘れっぽい先生だと、助手の方が気を利《き》かせるようになるのだ。

「それはもうちょっと煮詰まってからね。あんまり早く入れ過ぎると、バジルの香りが飛んでしまうから。でも、忘れないように、煮詰まってきたら、もう一度声を掛けてね」

靖子先生は、『にこっ』と擬音が横につくような明るい笑顔を私に向けた。英語で言うなら「big smile」ってやつだろうか。この笑顔を向けられると、たいていの人は靖子先生のことを好きになるだろう。だけど、もちろん笑顔だけじゃない。靖子先生は料理の腕も確かだ。時々作り方を忘れたり、順番を間違えたりするが、最終的にはぴたっと決まった味に仕上げる。だてに、この地で二十年以上も女手ひとつでお店を切り盛りしてきたわけではない。

東京郊外の、武蔵野と呼ばれる一画にその店はある。商店の建ち並ぶ駅前から南へまっすぐ延びる道は五分も行くと下り坂になっている。かつての多摩川の流路を示す、武蔵野の西側を長く長く横切るこの坂の高低差が、バブル期を経てもなお開発しきれない雑木林や、深く草の生い茂る急な斜面や、斜面から湧き出る水の曲がりくねった細い水路を作り出した。それらが農地を削ってちまちまと増えていく住宅街に、潤いと景観の妙を与えている。

靖子先生のお店は坂下の、びっしり建ち並んだ住宅の間に、古い神社や墓地やキウイ畑の格子棚が見え隠れする昔ながらの細い街道沿いにある。夏には花々で埋め尽くされる小さな庭と、テラスのある昭和モダンな木造家屋が印象的だ。もともとはふつうの住宅として建てられたものの一部を改装して店にしているので、十四、五人も入ればいっぱいになる。しかし、散歩の途中で立ち寄る老夫婦や、幼稚園のお迎えまでの時間を過ごす若い主婦たちでここはいつも混んでいる。地元の野菜をふんだんに使ったランチが売りだが、夕方四時まで営業しているので、喫茶店として利用するお客も多い。店の名は菜の花食堂という。

この食堂で定休日を利用した料理教室が開かれるようになったのは五年ほど前のこと。それまでやっていた完全予約制の夜のディナーを、靖子先生が体力的な衰えを理由に止めてから始めたのだそうだ。最初は月に一回だったが、生徒が増えたこともあり、私が助手をすることになった半年前からは月に二回に増えている。もっと回数を増やしてほしいという要望もあるが、店の仕事もあるのでこれ以上は増やせない、と先生は言う。

「じゃあ、みなさんもやってみましょうか」

先生のひと声で、生徒たちは一斉に料理に取り掛かる。その日の生徒七人が二班に分かれ、それぞれ同じものを自分たちで作る。ふだんはお店として使っている部分が教室なので、器具も設備も十分とは言えない。鍋やフライパンにしてもそれぞれかたちが違うし、コンロも業務用のものが四口あるだけ。生徒二組分に足りない時は奥の先生の自宅から器具を持ってきたり、そちらで煮炊きすることもあった。

それでも、この料理教室は評判がいい。簡単で実用的、その日習ったことをすぐ日々の料理作りに応用できるからだ。月にたった二回しか開かれないということもあって、予約はすぐ埋まってしまう。一度来た生徒がそのままリピーターになってしまうケースが多いからだ。

今回二班になっているうちの片方は、三十代前半で幼稚園に子どもを通わせているママ友三人のグループと、ひとりで来ている三十代の主婦でひとつの班を形成している。もうひと班はリタイアした男性と中年主婦、この日が休みのＯＬというバラバラな集まりだ。みんな思い思いのエプロンを締め、三角巾をしている。三角巾の代わりにバンダナや大判のハンカチをしている人もいる。先生と私は給食のおばさんが着るような、糊のきいた真っ白な割烹着と三角巾に身を包む。先生が毎回私の分も用意してくれるのだ。カラフルなエプロンの中ではそちらの方がむしろ目立っている。

「植田《うえだ》さん、ニンニクの芽は取った方がいいですよ」

靖子先生が生徒のひとりに注意する。植田あおいさんは幼稚園ママでない方のグループにいる、三十代前半の独身ＯＬだ。結婚の予定はなく、自分のために料理を覚えたいのだという。

「あ、すみません。あの、ニンニクの芽って？」

植田さんが聞いてくれてよかった、と内心思う。私もニンニクの芽が何かよくわからない。料理経験の少ない私は、ニンニクの芽というと中華料理に出てくる炒め物の青い茎のようなものしか思い浮かばない。

「縦ふたつ割りにすると見える、真ん中の芯のような部分です。ほら、ここ」

「へえ、これを芽っていうんだ」

植田さんが感心したような声を出す。私も同じことを思ったが、助手のくせに何も知らないと思われると困るので、表情には出さなかった。

「これを取るのはどうしてなんですか？　めんどくさいので、うちじゃ取ったことはないですけど」

同じ班の、村田佐知子《むらたさちこ》さんという五十代の主婦が尋ねた。

「ニンニクの芽には栄養が詰まっているから、えぐみも強いんですよ。それに、火も通りやすいので、ほかの部分より焦げやすいんです。じゃがいもの芽のように毒性があるわけではありませんが、ひと手間掛けた方が味も繊細に仕上がりますから、ゆとりのある時は取り除くようにしてくださいね」

靖子先生は子どもに説明するようにゆっくりと、はっきりした発音でしゃべった。

「それから、玉ねぎはまず半分に切って、こうやって縦横に切れ目を入れるといいんですよ。五ミリくらい下に残るように。……ほら、こうするとみじん切りが飛び散らないでしょう」

「なるほど」

聞いていた杉本春樹《すぎもとはるき》さんはすぐにメモを取り出し、教えられたことを書きつけた。杉本さんは今日参加した中で唯一の男性。定年退職して時間ができたので、料理を覚えたいらしい。料理教室には毎月参加の常連だ。几帳面な性格で、逐一メモを取っている。私もこころのメモ帳にしっかりと記録する。

この料理教室では毎回旬の野菜をひとつテーマに取り上げ、それを使った料理を五品くらい調理する。今回のテーマはトマトなのでトマト尽くしだ。トマトソースを使ったパスタとシーフードの煮込みの二品のほかに、トマトと卵の炒め物、トマトの味噌汁、トマトと青紫蘇《あおじそ》のサラダを作ることになっている。ふつうの料理教室では、こういう簡単なメニューはあまり扱わない。靖子先生の方針は、レシピと首っ引きで年に一度作るか作らないかわからないような凝ったメニューを教えるのではなく、今日の晩にも使えるレシピやノウハウを教えるというものなのだ。

「ふだんのおかずは、レシピなんか見ないで、冷蔵庫にあるものでぱぱっと作ることが多いでしょ？　そういうものを作る時にでも、ちょっとしたコツを知っていれば、ぐっとおいしくできます。それを覚えていってくださいね」

靖子先生はいつも笑顔でそう語る。月ごとにレシピは違うが、必ず味噌汁とサラダか漬物がメニューに入っていて、味噌汁では出汁《だし》のとり方を、サラダではドレッシングの作り方を学習する。漬物は塩加減のレクチャーだ。この料理教室に来るまでは、私も出汁はインスタント、ドレッシングも出来合いのものを使っていたが、いまは違う。私の冷蔵庫には煮干しと昆布を入れた冷水ポットが常備されている。靖子先生に教わった、一番楽な出汁とりの方法だ。ドレッシングも、オリーブオイルと酢に塩コショウを混ぜるだけでもおいしく作れると知ったので、空き瓶に入れて常備している。瓶にはペンで二カ所印をつけていて、その印のところまでオリーブオイルや酢を注げばちょうどいい比率になるのだ。だから、いちいち計量カップなど使わなくても、簡単に作ることができる。

「うーん、ちょっと塩味が足りないかも」

味見をした植田さんが言うと、隣りにいた村田さんも「そうねえ。ちょっと足した方がいい気がするわね」と賛同する。

「じゃあ、塩を足してください。一度に足さないで、少しずつ、少な目にね。……もう一度、味をみて」

靖子先生の言ったとおりに塩を振ったふたりだが「うーん、わかんなくなっちゃった」「これで、いいかもしれないけど」と、自信なさげだ。

「どれどれ」

靖子先生は小皿にとったトマトソースを口に含んだ。味見の時だけは真剣勝負というように、いつもの笑顔を消している。

「そうね、もうひと振りというところね。それに、コショウをもっと効かせて」

そして、小さじ八分の一ほどの塩を鍋に加え、コショウをがりがり削った。白木のペッパーミルに掛かる先生の指は白くてふっくらしている。

「これでいいはず」

もう一度味見をすると、靖子先生は嬉しそうに口元を緩めた。目じりに笑い皺が寄る。

「ほら、パーフェクト。みなさんも、味見をして」

「あ、ほんと、味がしまってる」

「ちょっとのことなのに、全然別のものみたい」

「そうなの。この味をよく覚えておいてね。レシピには小さじ半分と書いてあっても、その時のお野菜の水分量とか、トマトの甘みとかで、塩加減は変わるもの。レシピの分量は目安だと思って、自分自身の舌でこの味を再現するようにしてね」

みんなはわかったというようにうなずく。レシピよりも自分の舌を信じなさい、というのは靖子先生がいつも口にすることだ。

「では、次はシーフードの用意をしてください。優希《ゆうき》さん、洗い物お願いね」

「わかりました」

私は空いた鍋と皿をシンクに運んだ。勢いよく蛇口をひねって、鍋の中に水を溜める。ごしごしと力を入れてステンレスの鍋を磨く。助手といっても私にはたいしたことはできない。洗い物とか下ごしらえの手伝いくらいだ。だから、まかされた仕事だけでも精一杯頑張ろうと思う。そもそも助手というのは、料理教室の月謝が払えない私のために先生が考えてくれた肩書だ。ただで下働きをするかわりに、私は授業の見学と試食を許されている。派遣社員で、日々切り詰めた生活をしている私には、これはとてもありがたい。料理の知識が増えるだけでなく、一食分の食費が浮くからだ。

「そう言えば、今日はいつもの彼女、来ていないのね」

ふいに村田さんに尋ねられた。洗い場は村田さんたちの班が作業しているテーブルのすぐ脇にある。

「え、ああ、香奈《かな》さんのことですか？　珍しいですよね、休みなんて」

和泉《いずみ》香奈さんは、料理教室で唯一私より年下の生徒だった。私よりひとつ年下の二十四歳。音大を出て、自宅でピアノを教えている。定員八名の教室なのに、今日は七名しかいない。誰かが直前でキャンセルしたのだろうと思っていたが、それは香奈さんだったのか。

「あら、館林《たてばやし》さんもご存じないの？　電話とかなかったんですか？」

「いえ、先生が受けてるかもしれないですけど」

「あらそう、お若い方同士、気が合うのかと思ってた」

私はあいまいに笑ってごまかした。確かに年が近いので三十歳以上年上の村田さんよりも気安いが、それ以上のことはない。ある時、彼女にこう言われた。

『この年でも私は親のすねかじりだし、館林さんみたいに自立している人は偉いと思うわ』

香奈さんの場合、これはお世辞でも嫌味でもなく本心だと思う。親の愛情を一身に受け、素直に育ったのだろう。目立って美人というわけではないが、透けるような白い肌に、相手を和ませるようなふわっとした笑顔が印象的だ。きっと誰にでも好かれるに違いない。

だけど、その邪気のなさが、私はちょっと苦手だった。私は痩せていて、色黒で、コンタクトをしないと目つきが悪いと言われる。真面目だとかしっかりしていると言われても、女性らしいやわらかな雰囲気とはほど遠い。コンプレックスだらけの私から見ると、おっとりした香奈さんの存在はとてもまぶしい。

「香奈ちゃんがいないと寂しいね」

紅一点ならぬ黒一点の杉本春樹さんがぽつんと言う。村田さんは聞き逃さず、からかうような口調で、

「杉本さん、香奈ちゃんがお気に入りですものね」

「そんなことないですよ。いつも顔を見る方がいないと、気になるのは当然でしょう」

「あら、私が休んでも寂しいと思ってくれるのかしら」

「もちろんですよ」

「おや、そこ、何を騒いでいるんですか？」

靖子先生がこちらのテーブルに近寄ってきた。

「あの、香奈さんがなぜ欠席されてるんだろうか、って話していたんです」

私の言葉に、先生は穏やかな物言いで答える。

「ああ、そうですか。昨日電話があって、しばらく教室を休むって言ってましたよ」

「まあ、どうしてなんですか？」

「さあ、何か都合が悪くなったのでしょう」

先生がふつうの調子で話すので、私の方がちょっと慌てた。

「えっ、理由は聞かなかったんですか？」

香奈さんは毎月欠かさず教室に通っていた。いわばお得意さまだ。休む理由くらい聞きたくならないのだろうか。

「ええ、和泉さんが何もおっしゃらなかったので、無理に聞き出す必要もないでしょ。それに、気が向いたら、また顔を出すでしょうし」

のんびりした声で先生は言う。そういうところが靖子先生らしい。しばらくブランクがあってもまた顔を出したら、つい昨日会った人のように「いらっしゃい」と先生は迎え入れるだろう。

「さぁ、おしゃべりしてないで、手を動かしてね。イカの下ごしらえはできましたか？」

先生に言われて、こちらの班の人たちも慌てて自分の作業に戻る。

「先生、次は何をやりましょうか？」

もうひとつの若い主婦グループの方はてきぱき作業を進めていて、すでにイカや海老の下ごしらえを終えていた。

「ちょっと待っててくださいね。そちらに行きますから」

「だけど、どうして急に来なくなったのかしらね」

先生の注意がもうひとつの班に向かったのを見て、村田さんがそっとささやく。同じグループの人たちに向けた言葉だったが、すぐ傍で洗い物をしていた私にも聞き取れた。

「そこ、追及した方がいいですか？」

植田さんが鋭い口調で問い返した。私も同じ気持ちだ。はっきり言っておせっかいだ。香奈さんだって、あまり知られたくないんじゃないだろうか。

「だってお教室の仲間じゃない。もし力になれることなら、なってあげたいし」

仲間という村田さんの言葉にちょっと驚いた。たまたま料理をいっしょに習っているだけなのに、そんな熱を感じさせるような関係性を表す言葉でくるなんて。

「それに、あなた、香奈ちゃんのことが気にならないの？　辞めるなら辞めるで、ちゃんと理由を説明してほしくない？」

「それはまあ、そうですけど」

植田さんはしぶしぶ同意した。それで気をよくしたのか、村田さんは重ねて問い掛ける。

「杉本さんはどう思う？」

杉本さんはイカを切る手をちょっと止めた。杉本さんはグリーンのしゃれたデザインのエプロンをしている。そのためか、還暦を過ぎた年齢にしては若々しく見える。

「そうだね。同じ釜の飯を食うって言うけど、こうやっていっしょに何度も料理を作っていると、なんだか家族というか親戚みたいな気持ちにはなるねえ。だから、急にいなくなっちゃうのは残念だな。できれば戻ってきてほしいね」

杉本さんの言葉に私ははっとした。

ああ、そうなのだ。いっしょに料理を作っていると、なんとなくその人の人間性とか家族背景が見えてくる。

香奈さんは両親と兄の四人家族。お兄さんは一流商社に勤めていて、香奈さん自身は音大を出て家でピアノを教えているというから、裕福な家庭なのだろう。料理上手のおかあさんに鍛えられているので、香奈さんは料理を習う必要がないくらい上手だ。なのになぜここに通っているのかと尋ねると、理由は単純だった。香奈さんには結婚を意識する恋人がいる。親も公認の仲だ。その彼氏と菜の花食堂で食事した時、彼氏がその味を絶賛したのだという。

『香奈が作ってくれるフレンチとかもいいけれど、ここの料理はほっとする味だね。毎日食べても飽きないのは、きっとこういう味だよ』

それで香奈さんはこちらの料理教室に通うことを決意したそうだ。この店の味をマスターして彼を喜ばせたい、というのが彼女のささやかな野望だ。香奈さんの彼は大手のIT企業に勤めている。収入はいいがハードワークなのだそうで、妻には働くよりも家のことをきっちりやってほしいと願っているようだ。香奈さんが時々彼氏と撮った写真を見せてくれる。自分から見せびらかすというのではなく、好奇心旺盛な村田さんにせがまれてしぶしぶではあるが、決して嫌そうではない。香奈さんの彼は彼女より頭ひとつ高い長身で、整った顔だち。目じりのほくろがやさしそうな印象を与える。それに、スマートフォンの小さな画面で見ても、エリートらしい自信に満ちたオーラが感じられた。他人に自慢できる彼氏、というものがあるとしたら、まさにそういうタイプだ。色白のかわいらしい香奈さんと並んで立つと、絵に描いたようなお幸せカップルに見える。

『結婚したら、彼がいちばんくつろげるような場所を作りたいし、日々の食事で彼の健康を支えたいの』

香奈さんはやりくり上手のいい奥さんになるだろう。彼氏いない歴二年半、仕事も見通しのない派遣社員をしている私は、時にうらやましさで目の前が暗くなるような気持ちになる。つまらない嫉妬にかられる自分が自分でも嫌になる。そして、そういう気持ちを引き起こさせる香奈さんを少しばかり憎らしく思うのだ。

「そんなにたいした理由はないかもしれませんよ。体調崩したとか、料理教室代が払えなくなったとか」

植田さんはあまり騒ぎを大きくしない方がいい、といった様子だ。

「そんなことはないわ。香奈ちゃんのところはこの辺の地主だからお金に不自由するってことはないし、娘が病気だなんて、奥さん言ってなかったし」

「えっ、村田さん、香奈さんのうちをご存じなんですか？」

「もちろん。同じ町内のご近所さんだもの。奥さんとはラジオ体操仲間なのよ。和泉っていう家はこの辺あちこちあるけれど、その中でも香奈ちゃんのところはいちばん大きいのよ。でも奥さんも気さくな方でね」

地主とかラジオ体操とかご近所さんなんて言葉を久しぶりに聞いた。東京にはない言葉だと思っていた。アパートの隣人の顔も知らない生活をするのが東京人だと思っていたし、実際、自分はそうしている。

でも、村田さんは違うのだ。ここが地元だから。

「香奈ちゃんの彼氏の話も聞いたことがあるわ。すごくいい方だっておっしゃっていた。よく家に遊びに来て、お父さんと将棋を指したりするんですって。大学は慶応で、勤め先は六本木の大手のIT企業なんでしょ?」

ほうっておいたら、延々噂話が続きそうだ。そう思ったので、

「村田さん、海老の下ごしらえは終わりましたか? だったら、調味料の準備お願いしますね。そろそろ炒め始めないと」

私は村田さんに名指しで用事を言いつけた。さすがにしゃべりすぎたと思ったのか、村田さんもきまり悪そうな顔で黙り込んだ。それっきり香奈さんの話は立ち消えになった。私も緩みかけた三角巾をきゅっと締め直すと、洗い物の続きに掛かった。

その日、私は立川に来ていた。派遣社員として通っている不動産会社の仕事で、この街に住むクライアントに書類を届けに来たのだ。お昼どきだったので、届け物をした後、北口駅前にあるレストランでお昼をとることにした。ニンニク料理で有名な店だ。暑い日だったので、一刻も早くクーラーの効《き》いた店に入りたかった。扉を強く押して中に入ろうとしたところで、出てくるカップルにぶつかりそうになった。

「すみません」

謝った男性の顔を、私は思わず二度見した。

スーツをすっきり着こなした背の高いイケメン。

いい男だからではない、どこかで会ったことがある、と思ったのだ。

これだけのイケメン、それに目じりのほくろはそうそう見られるものじゃない。

だけど、どこで会ったのだろう。

「どうかしましたか？」

私がじっと見つめるので、相手は怪訝そうな顔をしている。

「いえ、知りあいに似ていたものですから。……すみません」

男性はこういう事態には慣れているのか、ふっと笑みを浮かべて、軽くこちらに会釈した。近づきになりたいための口実と思われたかもしれないと気づいて、ちょっと鼻白む思いだ。おそらくそんな口実で女性が近寄ってくることに、この男は慣れているのだろう。いっしょにいた、男性よりいくつか年上に見える、やや派手な化粧をした美人は、一瞬こちらを値踏みするような顔をしたが、すぐに顔を背け、黙って私の前を通り過ぎた。ふたりが通り過ぎて数秒後に男性のことを思い出した。

そうだ、香奈さんの彼氏だ。

目じりのほくろは、占いでは「癒やし系」だって香奈さんが言っていたっけ。

振り返ると、ふたりは仲よさそうに談笑しながら駅の方へと歩いて行く。

六本木にいるはずの香奈さんの彼氏が、なんでこんなところにいるんだろう。しかも、女の人といっしょなんて。

好奇心に駆られた私は、ふたりの後をこっそりつけてみることにした。二十メートルほど離れた後ろから、なにげないふりをしてふたりを観察する。

私、なにやってるのかな。

そう思ったが、『様子をちょっと確認するだけだから』と、そこにいない誰かに言い訳するように自分にも言い聞かせた。私に尾行されているのに気づくことなく、ふたりは周囲をはばからず親しげに談笑している。

何をしゃべっているのか、聞き取ればいいんだけど。

それにはもっと近寄らなければならない。でも、さすがにそこまでの危険は冒したくない。何か彼が冗談を言ったのに『そんなあ』と言うような顔で女の方が彼の腕をなにげなくつかんだ。恋人同士がやるような馴れ馴れしい仕草だが、男の気を引くのが好きな女子がやりがちなことでもある。それだけでは、ほんとに仲がいいかどうかは断定できない。

だけど、意味深な仕草だよね。彼女がいるのにああいうの許すってどうなのかな。私が彼女だったら、絶対NGだよ。

私はスマートフォンを出して、ふたりの後ろ姿をこっそり撮影した。離れていたので、ふたりともまったく気づかない。そして五分も歩かないうちに、ふたりは吸い込まれるように雑居ビルの中に入って行った。さほど大きくない、各フロアにふたつみっつテナントが入った、五階建てのビルである。

こんなところに、なんの用だろう。すぐ出てくるかしら。

しばらくビルの前に立ち尽くしていたが、頭の上からじりじりと太陽が照りつける。このままぼうっと待っててもしょうがない、と思い切ってビルのドアを開けた。開けた途端、涼しい空気がふわっと身体を包む。エレベーターの前にふたりの姿はなく、ちょうど別の男性が降り立ったところだった。私はなにげないふりを装って郵便受けの方を見た。お昼から帰ってきたOLが、自分の会社に郵便物が来ていないかとチェックするような態度で。男性は私を気に留めることなく、ビルの外に出て行った。郵便受けにはあまり聞いたことがない会社名が並んでいた。あたりに誰もいないことを確認すると、私はバッグからスマートフォンを取り出し、郵便受けを撮影し、さらにビルの名前も撮影した。せっかくここまで尾行したんだから、何か痕跡を残したいと思ったのだ。

それにしても、この現場を誰かに見られたら、なんと言い訳すればいいんだろう。そもそも私は何をやろうとしているんだろう。

ちょっとバカバカしいような、恥ずかしいような気持ちになって、私は逃げるようにその場を立ち去った。

翌月の料理教室も香奈さんは欠席した。先生が電話を受けたので、理由はわからない。たぶん先生は聞かなかったのだろう。

「このままほっとくと、彼女、完全に来なくなるかもよ。今日の帰り、寄ってみない？　ほら、料理が余ったから届けるとか口実作って」

村田さんが私に提案した。今日は植田さんがおらず、幼稚園ママたちとは没交渉なので、仕方なく助手の私に声を掛けたのだろう。私はうなずいた。立川で見掛けた香奈さんの彼のことが引っ掛かっていた。もしかして、彼と何かあったことが、来ない原因なのだろうか。

杉本さんにも声を掛けたが、あっさり断わられた。

「今日はこれが終わったら新宿で人と会う約束があってね。すぐに出ないと間に合わないんだ。残念だけど、今回は遠慮するよ」

そんなわけで、教室が終わると私と村田さんが残って、タッパーに余りものを詰めていた。話を聞いた靖子先生が「だったらこれも持って行って」と、冷蔵庫から作り置きのピクルスを出してきた。赤と黄色のパプリカに、ズッキーニやゴーヤの緑が映えて、目にも楽しいピクルスだ。

「今日くらいが食べ頃だから、香奈さんにも分けてあげて」

「わ、素敵！　先生のピクルス、絶品ですもの。香奈さんも喜ぶわ」

「あ、でも汁が出るからタッパーは分けないと。先生、何かお借りできますか？」

その時、店の引き戸ががらがらと音を立てた。

「すみません、今日はお休みで……」と入口の方を向くと、

「香奈さん！」

思わず、大声が出た。そこには噂の香奈さんが立っていた。でも、ほぼふた月ぶりに会う香奈さんは、いつものはつらつとした明るい雰囲気がない。水やりを忘れた植木鉢のシクラメンのように、顔を下に向けてしおれている。

「まあ、元気だった？　ちょうどおたくに伺おうかと思っていたのよ。とにかくお入りなさいな」

そう言って、村田さんが香奈さんの手を引いて中に導いた。香奈さんは抵抗することなくついてくる。村田さんが椅子を勧めると、素直に着席した。

「あら、和泉さん、お久しぶり」

靖子先生はあたりの温度が二度くらいは上がるようなあたたかい微笑みで香奈さんを迎えた。オレンジ色のチュニックを着ているので、靖子先生はいつにもまして明るい雰囲気だ。

「今日はきゅうりがテーマだったのよ。ほら、きゅうりの中華風漬物ときゅうりと豚肉の炒め物。おたくにお届けしようと思ってたの」

村田さんが机の上のタッパーを取り上げ、中に詰めたお惣菜を香奈さんに見せた。炒め物に使った香菜の匂いがふわっとあたりに広がる。

「きゅうりの冷たいスープもすごくおいしかったんだけど、汁物は持って行けなくて残念だわ」

　村田さんは香奈さんの気持ちを引き立てようと、いろいろと話し掛ける。その心遣いに応えようとして、香奈さんは口角をあげて微笑みを浮かべていた。だが、無理をしていることが見てとれるその表情が、かえって痛々しい印象を強めていた。

　私は奥の冷蔵庫から冷やしてあったほうじ茶を持ってきてグラスに注ぎ、香奈さんに勧めた。香奈さんは「ありがとうございます」と小声で言って受け取った。香奈さんの仕草を私たちは黙って見ていた。

　三人の視線が自分に注がれているのを意識してか、香奈さんはほうじ茶を一息に飲み干した。そして、目を伏せて語り始めた。

「今日、ここに来たのは、お教室を正式に辞めようと思って……」

「あら、どうして？」

　香奈さんが全部言い終わらないうちに、村田さんが言葉を遮る。

「だってあなた、料理教室、すごく気に入ってたじゃない」

「それは……いまでもそうなんですけど」

「じゃあ、急に忙しくなったとか？　月謝が払えなくなったとか？」

「そういうわけじゃないんですけど」

消え入りそうな声で香奈さんは弁明する。

「だったら、どうして？」

「それは……」

香奈さんは唇を少し震わせた。話そうかどうしようか、迷っているようだ。

「あ、もしかして人間関係的なこと？　もっと若い人が多い料理教室の方がよくなったの？」

「まあまあ、そんなに一度に質問しても。香奈さんだって、話したくないこともあるでしょうから」

靖子先生がふたりに割って入った。

「いえ、いままでお世話になったんだし、辞めるにしてもちゃんと理由をお話ししなきゃ、と思って今日は来ました」

「そうなの。ありがとう、そんなふうに思ってくださるなんて」

色白の先生は、瞳の色も薄い。澄んだ茶色の瞳でじっと見つめられ、香奈さんは覚悟を決めたように話し始めた。

「その、私が料理教室に通い始めた理由はお話ししましたよね」

「もちろん覚えているわ。彼氏の好きな味を覚えたいっていうんでしょ」

しゃべりかけた村田さんに、靖子先生は軽く目で「静かに」と制した。村田さんは口をつぐむ。

「そうなんです。彼が、……婚約者の彼がここの料理を好きで、それで味を覚えたいと思ったんです。驚かせようと思ってお教室に通っていたことは内緒にしていたんですけど、先日、彼の誕生日に、ここで習った料理を作ってみせたんです」

「まあ、何よりのプレゼントね。彼、喜んだでしょう」

村田さんの言葉に、香奈さんは弱々しく首を振った。

「逆だったんです。私が料理を並べると、すごくヘンな顔をして、ちっとも嬉しそうじゃなくて。それでも黙って食べてくれたんですけど、途中で急に『僕はいままで間違っていた。きみとはもう会わない方がいいかもしれない』って言い出したんです」

「どういうこと?」

「わからないんです。私も『どういうこと?』って聞いたんですけど、それ以上教えてくれなくて。『きみが悪いんじゃない。きみには僕よりもっとふさわしい人がいると思う』って言うばかりなんです」

「全然わからないわね、その男。でも、それが料理教室を辞める理由なの?」

「彼に言われたのは『こういう料理の仕方をする女性とは僕はいっしょにやっていけ

ない』って。それで、どうしたらいいかわからなくなって、それで……」

「それって言いがかりじゃない？　もしかすると、別れたい口実で適当なこと言ってるんじゃないの？」

私は思わずそう口走った。他人ごとなのに、とても腹が立った。立川で見た光景がまだ目に焼き付いている。たぶん彼はほかの女に気持ちが移ったので、適当な言いがかりで香奈さんを振り切ろうとしたのだ。

しかも、それを料理のせいだと。

よりによって、靖子先生の教えた料理のせいにするなんて、どういう料簡だろう。

「そうかもしれません。前はあんなに褒めていたんですから、料理のせいだとは思えないし」

「そうよね。矛盾しているわ。だいたいその男、何わがままなこと言ってるのかしらね。料理が気に入らなきゃ、自分で作ればいいのに」

私同様、村田さんも熱くなっている。

「まあまあ、あなた方がそんなに責めなくても」

靖子先生はひとり冷静だ。微笑みを絶やさず、やさしい声で香奈さんに問い掛ける。

「香奈さん、料理が原因で彼と気まずくなったと思っていらっしゃるのね」

「はい」

「でも、料理のほかに思い当たることはないの？」

「いえ、とくには。いままでどおり週末には会っていましたし、怒らせるようなことは思い当たらないし」

「どんな料理をお出しになったの？」

「枝豆入りミートローフ、アスパラとじゃがいものサラダ、ラタトゥイユにジュリアンスープです」

どれも料理教室で実習したものだ。ラタトゥイユは茄子《なす》やズッキーニ、ピーマンなどの夏野菜の煮込み料理。ジュリアンスープというのは、人参とセロリと玉ねぎの細切りが入ったスープのこと。全体的に野菜が多いが、しっかりボリュームもある。男の人でも満足できるメニューだろう。

「そう、いまそれを作ってみせてくれないかしら？」

「えっ？」

「何が気に入らなかったのか、私も気になるもの。うちのレシピがお気に召さなかったっていうことでしょう？」

「ええ、でも……」

「ちょうど材料は揃っているわ。エプロンもお貸しすることができるし。作ってみたものを食べなければ、原因はわからないと思うし」

先生がそう促すと、村田さんも同意する。

「そうね。何かおかしいところがあったのかもしれないし、先生だったら、その判断ができるかもしれないわね」

私は黙って聞いていたが、内心それも無駄だと思う。たぶん、彼にとって別れる理由はなんでもよかったのだ。料理がどうであれ関係ないと思う。

しかし、先生と村田さんの両方に言われた香奈さんは「わかりました」と素直に返事をしてキッチンに向かった。

香奈さんは自分に気合を入れるように、先生から借りた新しいエプロンの紐をきゅっと結んだ。戦場に向かうサムライが鉢巻を締めるような真剣さに、私たちはうかつに声を掛けることもできない。香奈さんはひとつ深呼吸をすると、手早く料理に取り掛かった。それを見守る私たち三人。先生は目を少し細めて香奈さんの一挙手一投足をじっと見つめている。まるで、料理の検定試験のようだ。

しかし、ほんとうに試験だったとしても、香奈さんは合格しただろう。いつもは説明を聞きながら、みんなとゆっくりゆっくり作っているが、本気で料理をする香奈さんはとても手早い。必要な材料や道具をキッチンカウンターに揃え、ひとつずつ手早く、丁寧に仕事を片付けていく。

「優希さん、ちょっとレシピのファイルを持ってきてくださる？」

途中で先生が私にそう命じた。レシピのファイルというのは、今までの料理教室の授業で使ったレシピをまとめたものだ。教室で教えたやり方を確認したいのだろう。

「わかりました」

そう返事して、私は奥の部屋の本棚にあるレシピを取りに行った。戻ってくると、ちょうど香奈さんが料理を作り終えたところだった。

「ほんとうはこれにご飯をつけたのですけど、今日はおかずとスープだけ作ってみました。それだけでも味はわかると思うので」

お盆の上にはおいしそうにおかずが湯気を立てている。ついさきほど試食をしたばかりなのに、その光景を見ると、口の中に唾が溜まるようだ。

「お疲れ様。では、味をみさせてもらうわね。あなた方もどうぞ」

小皿におかずを少しずつ取り分け、私たちは試食をした。三人ともまずはミートローフを口にする。

「おいしい！　香奈ちゃんさすがだわ」

「おいしいです。ほんと、先生が作ったのと変わらない」

村田さんと私の口から感嘆の声が漏れる。火の通り具合といい、味付けといい、絶妙だ。ミートローフは料理教室でも実習したが、菜の花食堂の看板メニューでもある。私はお店でも何度か食べたことがある。その味とこれは寸分違《たが》わない。香奈さんの腕は確かだ、と思う。だが、口では褒め称えながら、私はその味にちょっと引っ掛かりを覚えた。自分でもなぜだかわからないのだが。

先生だけは何も言わず、ミートローフを口にした。そして何かを確かめるように、うん、うんとうなずいている。ミートローフの後、つけあわせのアスパラとじゃがいものサラダ、ラタトゥイユと順番に食べていく。すべての料理を先生が食べ終わるのを見て、香奈さんは待ちかねたように尋ねた。

「先生、いかがですか？」

「あなたはどう思う？」

逆に先生は香奈さんに尋ねた。「これのどこが彼の気に入らなかったと思うの？」

「正直わからないんです。自分でも味見をしたけど、どれもちゃんとできていたと思うし。彼、結構味覚に敏感というか、ちょっとした違いもわかるんです。だからすごく慎重に味付けしたつもりなんですけど」

「盛り付けはどうしたの？」

「これとまったく同じです」

盛り付けにも乱れはない。美しく、料理がおいしそうに見えるように配置されている。

「器は？」

「同じです。実は、先生のお店の食器が気に入ったので、同じものを買ったんです。小鹿田《おんた》焼って言うんでしょ？　偶然近くのマルシェで見つけたので、ちょうどいいと思って」

それを聞いてちょっと驚いた。小鹿田焼は決して安い値段ではない。私も買おうと思ったことがあるが、ご飯茶碗ひとつで千円を超えると知ってあきらめた。派遣社員の給料では贅沢品だ。だけど香奈さんにとっては、ふだん使いにできる程度の金額なのだ。

「じゃあ、彼に出した食事は、これとほんとにそっくりだったのね」

「これのどこが不満なのかしら。これだけできれば、ほんといつでもお嫁に行けるわよ。私が結婚した時は、とてもこんなにはできなかった。いまだって、こうやって習いに来ているくらいだもの。たいした腕ではないけど」

「正直、私もなぜこれがダメだかわからないんです。前にここに来た時には、こちらの味付けをすごく褒めていたのに」

村田さんと香奈さんの話を聞いて、私は思い切って口を挟んだ。

「やっぱり料理とかの問題じゃないんだわ」

みんなが一斉に私の方を向く。みんなの視線にちょっと気圧《けお》されたが、そのまま私は続けた。「料理なんかどうでもよくて、別れる口実に適当なことを言ったんじゃないかと思うんです」

「どうしてそう思うの？」

香奈さんが私の目をまともに見た。こっそり尾行したのが後ろめたくて、私は香奈さんの目を見返すことができない。

「実は私、見ちゃったんです。香奈さんの彼氏が、その、別の女性と親密そうに歩いているところを」

「それはいつ？」

香奈さんと私の会話を、靖子先生はちょっと咎《とが》めるような目をして聞いている。あえて話すこともないのに、と言いたげだ。

「先週の火曜日だったかな。平日の昼間、それも立川で。駅前のニンニク料理のお店から出て来て、連れ立って別のビルに入って行ったんです」

今度はみんな一斉に香奈さんの顔を見た。香奈さんは少し悲しそうではあったけど、驚いてはいなかった。やっぱり、というようなあきらめの表情を浮かべている。

「もしかして、香奈さんも彼が心変わりをしたと思っていたの？」

私が尋ねると、香奈さんはこっくりとうなずいた。

「だって、そうでもなければ別れたい理由がわからない」

「短絡的に結論を出すものじゃないわ」

靖子先生はたしなめるような口調で言う。

「証拠もないのに、憶測だけで決めつけてはだめよ」

「証拠はあります。だって、これほら」

私はスマートフォンを取り出し、先日撮影した写真を見せた。

「ふたり、親しそうでしょ。それに、こっちはふたりが入って行ったビル。それに郵便受け」

香奈さんは睫《まつげ》をしばたたかせている。泣きたいのをこらえているのかもしれない。

「いいえ、むしろこれは彼が浮気をしていない証拠になるんじゃないかしら」

「どういうことですか？」

　先生は私のスマートフォンを「貸してください」と言って取りあげた。

「この雑居ビル、およそ恋愛しているカップルが入って行くようなところかしら？　それも、真っ昼間に」

「それは……」

　先生は郵便受けの写真をみんなに見えるように示す。

「ビルのテナントを見ると、一階は美容室、二階は歯医者、三階は会計事務所、四階はリゴレットという業種もわからない会社、五階は幼児英才教育研究所。このうちふたりはどこに入って行ったのかわかる？」

「いいえ」

「まず一階は出入口が別になっているんじゃないかと思うんだけど。路面店なら階段の方じゃなく、道路に面して入口があるわよね」

「はい、そうでした」

「そうすると、一階ではない。二階の歯医者については、ニンニク料理を食べた後で歯医者に行くとは考えられないから、ここも除外。結婚もしていないカップルが行くとは思えないので五階ではない。そうすると、残るのは三階の会計事務所か、四階のリゴレットという会社のどちらかだと思う。この、リゴレットという会社がどういうところか、ネットで検索できるかしら」

いつもは細かいことを気にしない先生が、きっちりと理論的に説明する。それに少し驚きながら「やってみます」と、私は答えた。

スマートフォンの検索サイトで、立川、リゴレットと入力すると、すぐにいくつかのサイトが引っ掛かった。その中から企業紹介のページを選んでタッチする。

「どうやらIT企業のようです」

「まだ、起《た》ち上げて間もないんじゃない？」

「えっ、ああそうです。つい三カ月前に出来たばかりの会社みたいですね」

「やっぱりね」

靖子先生は納得した、という顔をしている。

「どういうことでしょうか」

私の問いには答えず、靖子先生は香奈さんに視線を向ける。香奈さんを委縮させないように微笑んでいるが、口にした言葉はシビアだった。

「香奈さん、あなた方、お互い本音を言わなさすぎるんじゃないかしら？」

「えっ、どういうことですか？」

「恋人同士なら、自分のいいところだけ相手に見せていればいいかもしれない。だけど、結婚を考えるなら、ちゃんと言いたいこともはっきり言わなきゃだめよ。たとえば、将来的には料理の仕事に就きたいとか」

香奈さんは顔を赤らめ「どうしてそれを」とつぶやく。

「この料理を見ればわかるわ。あなたがどれほど料理を好きで、一生懸命なのか」

先生はいとおしそうに香奈さんの作った料理の皿を手に取った。

「ほんとによくできてる」

そうして、箸でミートローフを取り分けて口に含んだ。

「これは、あなたが彼と訪れた時、うちで出してたメニューの再現よね。メインのミートローフも、つけあわせも。ミートローフには合いびき肉だけじゃなく、鶏のひき肉も混ぜている。それに、ラタトゥイユには隠し味のはちみつを使っている。これは料理教室では教えなかったこと。お店で出す料理のやり方だわ」

先生は手元にあるレシピのファイルに目を落とした。開かれているのは、ミートローフのレシピのページだ。そこに書かれた食料の中に鶏のひき肉は入っていない。私が清書したのでそれは覚えている。

先生はさらに続ける。

「ほんとにびっくりしたわ。目の前で香奈さんが作ったのを見なければ、自分で作ったと思うかもしれない」

そうだ、最初食べた時になんとなく感じた違和感はそこだったのだ。先生がお店で出すものと、料理教室のレシピは微妙に違う。料理教室では家では手に入りにくい調味料は使わないし、手間もできるだけはぶいて作るようにしている。隠し味のようなものは省略されることも多い。だけど、今日香奈さんが作ったのは料理教室で習った味ではない、いつも先生が店で作っている味なのだ。香奈さんは習っていないお店のメニューを、自分の舌だけを頼りに再現している。たいした味覚だ。

「それに、料理を作る段取りも私のやり方を忠実になぞっている。ただ彼好みにしたいなら、ここまで似せる必要はないはず。香奈さんは、家庭の料理以上のものをマスターしたかったのね」

香奈さんは恥ずかしそうにこっくりとうなずいた。

「いつか先生のように自分の家で料理のお店を持てたら、というのが私の夢なんです」

「だけど、それを言うと彼が嫌がると思ったのね」

先生が穏やかに問い返す。

「ええ。彼は古風な考え方をする人で、結婚したら女性は家に入るべき、という考え方だから……。お店もやりたいけど、それ以上に彼と結婚もしたいし」

「だったら、それをそのまま彼に伝えればいいのよ」

「えっ？」

「結婚もしたいけど、仕事もしたいから、ちゃんと調理師免許も取るって」

「だけど、それは……」

先生の言ってることはめちゃくちゃだ。それが言えるくらいなら、香奈さんだってとっくに言っていただろう。

「あなたも本音をおっしゃらないけど、彼も同じね。いまの彼なら、奥さんが働いて家計を助けてくれるならそれもいい、と思ってるはずよ。転職したばかりで収入も不安定でしょうから」

「えっ、そうなんですか？」

先生の発言には、みんなが驚いた。香奈さんも目を丸くして絶句している。

「そんな、驚くことじゃないわ。みなさんご存じないかしら？　香奈さんの彼の勤めている会社、大規模なリストラを行うって新聞に出てましたよ」

「それは、知ってましたけど……、彼は大丈夫だって」

「だから、お互いもっと本音でお話しされた方がいいと思うの。平日の昼間に立川でランチをしていた。何のため？　その後戻った場所で何をしているの？　素直に考えれば、そこに勤めていて、同僚とランチに出掛けていたって思えない？」

　確かにそうだ。六本木で働いているという思い込みが強かったから不思議な光景に思えたけど、地元の会社に勤めている人間がランチに出ていたというのなら、すんなり納得できる。

「それにね、なぜ彼があなたの作った料理を食べて『別れよう』と言ったのか。たぶんその味が私の料理にそっくりだったからなんでしょう」

「それがどうしていけないんですか？」

　香奈さんは不服そうに唇をゆがめる。そんな香奈さんを見たのは初めてだ。

「あなたのことを、相手の個性に合わせすぎてしまう、他人に頼りすぎるタイプだって思ったんだと思う」

　香奈さんはあっ、と驚いた顔になった。「そういえば彼はよく、『もっと自分の意見を出しなよ』って言ってたんですが……」

「好きだという料理にさえ、自分自身の個性を発揮できない、受け身で人に頼らなければ生きていけないお嬢さんだ、って香奈さんのことを思ったんでしょうね。自分が大企業に勤めている時はそれもいいと思っていたんでしょうけど、そこから離れた時、そういう奥さんを貰うことに不安を感じるようになったんじゃないかしら。あるいは、自分がリストラされたことを伝えるのが怖かったのかもしれない。それで、見限られるくらいなら、自分から別れを言った方が楽だと思ったのかもしれない」

香奈さんは何か言いたげに口を開きかけたが、すぐにきゅっと口をすぼめた。先生の言うことが思い当たるのだろう。

「まったく男っていうやつは……」

村田さんが舌打ちをする。だけど、私には彼氏の気持ちがわかる気がする。ちらっと見た彼氏はプライドが高そうだった。好きな女性には、自分の弱みを見せたくないのだろう。

「でも仕方ないわね。香奈さんだって、彼の前では彼好みの女性を演じていらしたわけだから。だけど、この料理については彼の考えは間違っている。こんなふうに忠実に私の味を再現できるというのは、受け身なんかじゃない、研究熱心で自分をしっかり持っている女性だと私は思うわ」

「先生……」

香奈さんの声は感激で震えているようだ。「そんなふうに言ってもらえたのは、初めてです。いつも、香奈は人に気を遣いすぎるって言われることが多くて……」

それが香奈さんにはコンプレックスだったのか、と私は気がついた。いつもにこにこと穏やかで、人当たりがよくて、だけどそれは同時に自分を殺して相手に合わせようとしていることでもあったのだ。そんな自分を、香奈さん自身は変えたいと思っていたのだろう。

「いまの若い人たちは、嫌われまいとして自分の意見を出さないようにするのが美徳だと思ってらっしゃるみたいだけど、もし本当に彼と結婚したいと思うなら、もっと本音を言わなきゃだめ。結婚して何十年もいっしょに過ごそうとする相手に、自分のほんとうの願いを隠そうとするのはおかしいと思わない？」

先生の言うことを噛みしめるように、香奈さんはうなずきながら神妙な顔で聞いている。

「どうせいまは関係が煮詰まっているんでしょ。これ以上悪くなりようがないなら、言いたいことを言えばいいじゃない」

村田さんが横から忠告をする。乱暴な意見だが、今回ばかりは私も賛成だ。

「そうよ。一方的に別れを告げられるって、癪《しゃく》じゃない。男なんかいなくても、香奈さんにはちゃんとやりたいことがあるって教えてやればいいのよ」

香奈さんを焚きつける私たちの言葉を聞いて、靖子先生は苦笑する。

「まああ、ふたりともそんなに興奮しないで」

そして、香奈さんの方に再び向き直る。

「でも、大事なことよ、ほんとうのあなたを知ってもらうということは。お互いいいところだけ見せ合っても長続きはしないわ。彼にも、それは言った方がいい」

「わかりました」

香奈さんの顔にはいつもの愛想笑いはない。自分の気持ちを決めたというような、真摯な表情が浮かんでいた。そういう香奈さんの方が私はずっと好感が持てる。

「それから、もし彼に会うなら、あなたが考えたオリジナルな料理を持って行くといいわ。お菓子でもなんでもいいけど。いろいろ研究しているんでしょ？」

「ええ」

「そうすれば、きっとあなたの言いたいことをわかってくれると思うわ」

「ありがとうございます。やってみます」

そうして香奈さんは何度も何度も私たちにお礼を言って、先生の店を後にした。

「いい娘《こ》なんだけど、なんだか頼りないわね」

村田さんがぽつんとつぶやいた。

「仕方ないわ。いままでずっといい娘できたんですもの。スタンスを変えるのは難しいわよね」

「彼とはうまくよりを戻せるのかしら？」

誰にともなく発した私の質問を、先生が引き受けた。

「さあ、どうなんでしょうね？　男と女のことですから、これぱかりは……。でも、たとえ彼氏が去ったとしても、彼女がここで学んだ料理の技術はなくならない。だからそれでいいんじゃない？」

思わず先生の顔を見た。先生らしくないドライな発言だったからだ。

「緊張して喉が渇いたわね。お茶を淹《い》れましょう。カモミールティーでいいかしら」

先生はキッチンの方に行ってお茶の用意を始めた。それはふだんどおりの、あたたかい微笑みを絶やさない、私の知ってる靖子先生だった。

西村健

バスを待つ男

Episode

西村健（にしむら・けん）

1996年、新宿ゴールデン街を舞台にした『ビンゴ』でデビュー。その長編で第15回日本冒険小説協会大賞（特別部門大賞）を受賞する。九州の三池炭鉱に着目し、戦後日本の暗部に鋭く迫った社会派ミステリー『地の底のヤマ』で、2012年に第33回吉川英治文学新人賞を受賞。2014年には、高度経済成長期にあって廃れていく炭鉱を舞台にした『ヤマの疾風』で第16回大藪春彦賞を受賞している。近作に『東京路線バス　文豪・もののけ巡り旅』。

いったいどれに乗ればいいのか。最初は正直、戸惑った。どっちへ行ってもいい、ということになると逆に迷ってしまうのだ。選択肢は少なめであった方が、選ぶに当たって気楽なのは間違いない。なのに――

東京駅丸《まる》の内《うち》北口行き。大塚《おおつか》駅行き。小岩《こいわ》駅行き。新木場《しんきば》駅行き……。ここ錦糸《きんし》町《ちょう》駅前のターミナルから出るバスは、実に様々な方向へと旅立っていく。いったいどれに乗ればいいのか。別に特段、行きたい先があるわけでもない私が戸惑ったのも仕方がなかったと言えよう、我ながら。

提案したのは妻だった。

長年、勤めた警視庁を定年退職して既に、十年。関連法人である東京都交通安全協会にも籍を置いたが数年前に、そこも辞めた。自分で言うのも何だが仕事人間だった私が、勤務を辞めてしまうと途端にやることがなくなった。一日をどう過ごしてよいものやら。途方に暮れるような有り様だった。

特に困るのが毎週、水曜日だった。妻の料理教室が我が家で開催される日なのである。

私たち夫婦はずっと以前、一人娘を交通事故で亡くした。まだ小学四年生、間もなく十歳という幼さだった。学校からの帰り道、歩道に突っ込んで来たトラックに轢《ひ》かれてしまったのである。運転手はカーラジオを操作しようとし、前方から目を逸《そ》らしてハンドル操作を誤ったのだった。

仕事のあった私はまだ、よかった。捜査に打ち込むことで悲しさを紛らせることもできた。が、可哀想《かわいそう》なのが妻だった。一人寂しく、家で過ごさなければならない。私が事件に掛かり切りになると、なかなか帰宅もままならないため尚更《なおさら》だった。暫《しばら》くは娘を失った喪失感から、何もできずただただ放心していたようである。

しかし妻は強い女性だった。いつまでも悲しんでいてはあの世で娘に合わせる顔がない、と趣味の料理に打ち込み始めた。元々が好きだったところに熱中したものだから、見る見る腕を上げた。

ある日、近所の奥さんにお裾分けしたところ大変に好評だったらしい。あっという間に評判は広がり、私にも教えて、と近所の主婦達が押し掛けるようになった。こうして週に一度、我が家で料理教室が開かれるようになったのである。

「教室、と言ったって別に大したことしてるわけじゃないんですよ」以前、妻は言っていた。「ただご近所のお友達どうし、お料理を持ち寄っては食べ合っているだけなんです。『あら美味《おい》しい。これ、どうお料理されたの』なんて訊《き》き合い、教え合いながら。教室、と言うか何かを学ぶ場になっているとしたら、そのくらいじゃないかしら。おまけに大抵は、そういう話題にもならないんですよ。殆《ほとん》どは世間話ばっかり。あそこの息子さんが大学に受かった、とか。昨日のドラマは面白かったとか取り留めもないことを話しながら、皆でワイワイ楽しんでいるだけなんです」

それでもよいことじゃないか、と思った。近所の奥様方と集まって楽しんでいれば、娘を亡くした寂しさを紛らすこともできよう。仕事人間の私には妻にしてやれることは何もない。彼女が自分でそうした生き甲斐《がい》を見つけてくれたことに、心から感謝した。本当に強い女性だ、としみじみ感心した。

ところが仕事を辞めて一日中、家で過ごす身になるとその料理教室が私の悩みのタネとなった。主婦達が集まって来るから当然、こちらは家を出なければならない。いてもらっても構わないと奥様方は言うが、とてもいられるものではない。女性達による所謂《いわゆる》〝井戸端会議〟のかしましさは、男性にとっては苦痛以外の何物でもないのだ。

「あなた、ご免なさいね」妻が心から、申し訳なさそうに言った。「どこか、他のおウチでやろうかという話にもなったんですけど」

我が家は在職中にローンを組んで購入した、中古マンションの一室である。他の主婦達も大半は似たようなものらしいが、子供と同居していたりなど様々な理由があって、皆が集まるのには今一つ適していない。結局、心置きなく集《つど》える場所はやはり我が家を措《お》いてないそうなのだった。

「いや、いいよいいよ」私は手を振った。「皆さんが長年、楽しみにして来た場なんだ。私一人がちょっとの間、外に出ていればいいだけの話なんだからね」

「でもあなた、どこか外出する先でもあるんですの」

妻の懸念ももっともだった。仕事漬けだった私にはこれと言って、趣味と呼べるものがない。何か時間を潰せる楽しみを見つけようと、いくつかのものに手を出してみたが結局、長続きはしなかった。そもそもが年金生活である。公務員だったお陰で普通よりは恵まれているとは言え、趣味に惜し気もなく金を注《つ》ぎ込めるわけでもない。何かを楽しいと感じられるまでには結構、時間が掛かるものだ。それなりの費用も要る。楽しみを見出《みいだ》せるまでに出費が嵩《かさ》むとなればどうしても、始めから尻込みしたい心境に駆られてしまうのだった。

「仕事が趣味、みたいなものでしたからねぇ」妻が同情するように言った。寂しさを忘れるために料理という趣味を逸早《いちはや》く見出した、彼女からすれば私など成程、不器用の塊にしか映らないことだろう。「我が家と、何より社会の安全のために誠心誠意、打ち込んでくれたというのに」挙げ句の果てに退職後は時間の潰し方も分からない、というのでは彼女からすれば成程、哀れみの対象にしかならないことだろう。

「まぁ、何とかするさ」私は殊更《ことさら》に明るく、言った。同情の眼差《まなざ》しをこれ以上、浴びているのも辛《つら》いという本音もあった。「図書館だってある。あれだけ本があれば私に合うものも、きっと見つかるさ」

「ご免なさいね」

言ってしまってから彼女に対し、皮肉めいたものになっていたことに思い至った。料理だけではない。妻は読書や映画鑑賞など、多彩な趣味を持っている。特に好きなのが推理小説で、国内外の本が家にズラリと並べられていた。映画もサスペンスものが好みらしく、DVDのコレクションがかなりの量、あった。それらを楽しめるのであれば私も、家での時間の潰し様《よう》はいくらでもあったのである。

ところが妻から勧められるままに何冊か、手に取ってみたがどうにも入り込めなかった。映画のDVDも見ている内に眠くなり、最後には船を漕《こ》いでいる始末だった。

「刑事として現実の事件を、いくつも見て来たんですものね。作り物のお話に入り込めないのも、当たり前なのかも知れませんわ」妻は慰めてくれたが小説や映画すら楽しめない自分に、私はつくづく情けなさを覚えた。

ともあれこういうことがあったため、「図書館に行けば自分に合う本が」と言うことは暗に「お前の本は俺には合わないから」と非難しているように受け取られても仕方がなかったのだ。

「そういう意味で言ったんじゃないんだ」だから慌てて否定した。「ただ確かに私は、小説の面白さがよく分からない。ずっと読んでいなかったから、それはしょうがないことなのかも知れない。ただ図書館に行けば、小説以外の本もあるだろう。雑誌だって読める。そっちの方が私には、向いているんじゃないかという気がするんだ」

「そうですね」妻は小さく頷《うなず》いた。「現実の事件をよくご存知のあなたには、ノンフィクションの方が面白く感じられるのかも知れませんね」

実際、図書館でノンフィクションを読んでみると小説よりはずっと入り込めた。これは面白いな。気がつくと閉館時間になっているような、夢中になれる本にもいくつか出会った。

もっとも逆のケースも結構、あった。ノンフィクションとは言っても中身は所詮、書き手の解釈次第である。実際の事件を扱っていても記述には常に、書き手の判断がつき纏（まと）う。事実も全ては載せられないから取捨選択するのも、彼らのセンス次第だ。

すると私にはどうしても「いや、それはないだろう」と感じてしまうのだった。

例えば担当の刑事が結果的に、間違った捜査をしてしまっていたとする。書き手は

それを「彼は先入観から判断ミスを犯した」という風に断定する。しかし私からすれ

ば「そうじゃなかろう」との感覚を抱かざるを得ない。刑事という生き物はどうして

も、こう動くものだと感じているからだ。俺が担当したとしても多分、同じこ

とをしていたろうと感じてしまう。なのにそれを一方的に「先入観だ」などと決めつ

けられては途端に気持ちが離れる。先を読む気力が失せるのだった。

優れた書き手であればそれはない。ちゃんといくつかの考え方を併記し、なるだけ

即断は避けようとする。客観的であろうと努める。完全に客観的になり切ることは難

しいにしても、書き手にその意志があれば伝わるものだ。そうした本であれば、没入

できる。しかしいくつか読んでみて、理想的な書き手は驚く程に少ないのだと思い知

らされた。大半は自分の感覚で全てを判断し、独善で筆を運ぶ。結果、私は本を棚に

戻すことになる。

よい本に出会う前に何度も、失望を余儀なくされる。そうすると辛抱の足りない私

は、もう読書に見切りをつけたくなるのだった。嫌な思いを繰り返してまで、本を読

まなくたっていい。

かくして図書館からも自然、足が遠退《とおの》くようになった。公園で日がな一日、ぼんやりと過ごすことが多くなった。これではいけない、と思いつつもどうにもならない。

妻は勘が鋭い。こちらが何も言わなくとも敏感に察してしまう。最近は実は図書館にも行っていないようだ、と目敏《めざと》く見抜かれてしまっていた。

そこで、提案されたのだ。東京都シルバーパスを使って、あちこち足を伸ばしてみるというのはどうか、と。

「シルバーパス」戸惑いは隠せなかった。「都内のバスやなんかに乗り放題、というあれのことか」

「えぇ」妻は頷いた。「バスだけでなく都営地下鉄なんかにも、乗り放題らしいですわ。都内在住で七十歳以上だったら交付してもらえるという話ですし。せっかくだから一度、試してみたら」

「そうか」言われてみれば私も今年、もう七十である。「そんなものももらえる歳《とし》になってしまった、ということかな」

「これまで長年、社会のために尽くして来たあなたですもの。ご褒美のようなものかも知れませんわ」

本が好きなだけあって妻は本当に言葉が上手《うま》い。ついつい、その気にさせられてしまう。早速、都バスの窓口に出向いてみた。

「一年間、有効なパスの発行費用は二万五百十円になります」窓口の女性は言った。「ただし本年度の区市町村民税が非課税の方か、昨年の年収が百二十五万円以下の方は千円で交付を受けられます」

収入は年金だけだが警官だったお陰で、そこまで年収は低くない。すると交付に、二万円以上も掛かってしまう。躊躇《ためら》わずにはおれなかった。結局、必要書類としてどれとどれを用意すればいいかだけ聞いていったん家に帰った。

「二万円も掛かるらしいよ」妻に言った。「バスに一回、乗ると料金は二百円だ。いや、今は消費税が掛かって二百十円か。ともあれ単純計算で、年に百回は乗らなきゃ元が取れないことになる」

「外出するのは水曜日だけ、なんですものねぇ」妻も困ったような表情を浮かべた。

「そうしたら一年間で、五十二回。あぁ、でも行って帰って来れば往復で、百回は超える計算にはなりますか。それでも、ねぇ」

私はちょっと笑った。「一年が五十二週だなんて、よくパッと出て来るね」

「ドラマなんか見てばかりいるせいですわ」妻も合わせたように苦笑した。「テレビでは一年を四つに分けた四半期を、『クール』と呼ぶらしいんですの。半年間のドラマだと『2クール』とか。毎週放映のドラマが1クール大体、十三話だから一年間やると、五十二話。それで五十二週と記憶してるだけなんです」

「でもまぁ今、話していて満更でもないかと思い直したよ」私は言った。妻に譲ったわけではなく、本音だった。「毎週一回、外出したとしても行きと帰りでペイする計算になる。まぁ一年間、毎水曜日には必ず乗るというわけにもいかないだろうが逆に、違う曜日にも乗っちゃいけないわけじゃないんだからね。普段から家でどう過ごしていいかも分からない私だ。むしろ料理教室がない日にも、そうして積極的に外出するのもいいのかも知れない」

「そうですよ」妻の顔がパッと輝いた。自分から何かをやる気になりつつある。久しぶりに見る私が、純粋に嬉《うれ》しかったのかも知れない。家で何もすることがなく、ゴロゴロしてばかりの夫を見るというのは妻からしても、楽しいものでないのは確かだろう。「それにあちこち乗り換えれば、もっと元が取れることになりますわ。普通にバスに乗ればそのたび、料金を支払わなきゃならないんですもの。乗り換えの回数も費用も考えずに気ままに旅ができると思えば、それだけで二万円の価値はあるのかも」

本当に言葉運びが上手い女性だ。いつの間にか言《い》い包《くる》められたみたいに、私はすっかりその気になっていた。翌日、必要な書類を揃《そろ》えて窓口に赴《おもむ》いた。シルバーパスを発行してもらった。

ところがそこでさて、と考え込んでしまったのである。

我が家から最も近いターミナルと言えば、錦糸町駅になる。歩いても行けないことはないがせっかくパスがあるのだ。最寄《もよ》りのバス停から乗ってまずは、錦糸町に出る。さぁそこからが問題だった。とにかく色々な方面行きの便がある。別に特段、行きたいところがあるわけではないのだ。いったい、どれに乗ればいいのか。

いくつもある乗り場を徘徊しながら、どうすればいいか逡巡《しゅんじゅん》した。やっている内にだんだん、馬鹿馬鹿しく思えて来た。俺はいったい何をやってる。これじゃただの間抜けではないか。

もう家に帰ってしまおうか、という衝動にも駆られた。

いやいや待て、と思い直した。

妻の顔が浮かんでいた。私がやる気になったのを見て嬉しそうに笑っていた、あの表情である。なのに今、私が帰ってしまえば落胆するだろう。やっぱりこれも駄目だったか。失望の溜息《ためいき》に変わるだろう。この人は所詮、何をやっても楽しめることはないのだ。同情の視線すら向けられるかも知れない。それだけは何としても避けたかった。

ふと見ると大塚駅行きのバスが出るところだった。あの辺りは以前、事件の捜査で歩き回ったことがあったな。思い出が蘇《よみがえ》った。あれっ切り、行ったことはないが。何十年も経《た》って駅前は、どう変わっていることだろう。それを見て来るだけでも有意義な気がした。咄嗟《とっさ》に飛び乗った。

バスは駅前のロータリーを出ると錦糸公園の前を抜け、蔵前橋《くらまえばし》通りを左折した。「太平《たいへい》二丁目」、「石原《いしわら》三丁目」といった住所名のようなバス停が暫く続いた。

このまま蔵前橋通りを真《ま》っ直《す》ぐ、西へ向けて進むのかな。思った途端、右折した。これは確か、清澄《きよすみ》通りだ。すると左側はもう、隅田川《すみだがわ》の筈《はず》だ。

思えばこの路線はどこをどう走って、どういう経路で大塚駅まで辿《たど》り着くのか。全く把握していない。私はただバスに運ばれて行くだけだ。連れて行ってもらっている、と表してもいいかも知れない。それもまた面白いではないか。いつの間にか、楽しんでいる自分がいた。

春日《かすが》通りに出ると左折した。厩橋《うまやばし》を渡った。窓外に隅田川の川面《かわも》が広がった。思わず、感嘆の息が漏れた。

考えてみればこれ程の解放感、味わうのも久しぶりだった。どれだけ俺は長いこと、家に閉じ籠っていたというのか。狭い世界の中で悶々《もんもん》としていたのか。我ながら情けなくすら感じられた。ちょっと外に出さえすればこれだけの清々《すがすが》しさが楽しめるのに。今までの自分が本当に間抜けに思えた。どこへ行けばよいのか迷って、バス乗り場をウロウロしていた時より、ずっと。

どうやら暫く、春日通り沿いに走るようだった。するとこの先は、御徒町《おかちまち》になる。あの辺りにも土地勘がある。事件の捜査で訪れたことがあるからだ。ただあれはもう、二十年も前のことだった。以来、足を踏み入れてはいないのではないか。では今は、どう変わっているだろう。高揚感が胸に湧いた。

と、「新御徒町」という駅が見えた。駅前にバス停もあった。どうやら都営大江戸《おおえど》線の駅らしい。私が在職中、大江戸線は既に完成していたがそういえばこの辺り、乗ったことはない。バスの乗降客はかなりの数、あった。しかしこの辺りでは、JRの御徒町駅まではちょっと距離があるのではないか。余計なことまでついつい、考えてしまった。「新」を付けるからには「元の駅とは違うよ」という意味だろうが、それにしてもこれはちょっと、離れ過ぎているのでは。

やがて、昭和通りに達した。首都高の高架を潜《くぐ》りながら、ちらりと目を遣《や》ると「仲御徒町」駅の入り口が見えた。あぁそうか、と思い至った。こちらは東京メトロ日比《ひび》谷《や》線の駅である。こっちに「仲」の字を使ってしまったものだから、あちらは「新」でまた違う駅だと示したのかも知れないぞ。駅名を付けるのもこれはこれで、苦労があるものなのかもな。妙なことに感心した。

バスはいよいよ御徒町の中心部、雑踏に突入した。車もびっしりだがとにかく人が凄《すご》い。歩道から溢《あふ》れそうになりながら、歩行者が流れて行く。

ＪＲのガードの手前で停車した。「御徒町駅前」のバス停だった。大勢が降りて行ったが中に、初老の夫婦連れがいた。大きな買い物袋を提げていた。私らとそう年代は変わらないように見えた。

ガードを潜ると右手がアメ横である。きっと夫婦仲良く、あそこに買い物に来たのだろうと予測をつけた。見たところ通い慣れているようで、乗り降りにも躊躇いが感じられなかった。こうして二人で買い物に来るのが、長年の習慣になっているのだろう。私達もあの夫婦と同じく、仲睦《なかむつ》まじさを続けられたらと願わずにはいられなかった。

バスが出発したのでちらりと覗《のぞ》くと、アメ横は相変わらずの混雑ぶりだった。ここは何十年、経とうと変わることはない。入れ替わった店はあるにせよこの賑《にぎ》わいは永遠だ。雑踏の中へ消えて行く夫婦の背中に、末永くお幸せに、と勝手に胸の中で声を掛けた。

左手に視線を転じるとスーパー『吉池《よしいけ》』が、建て替わっているのに気づいた。バスの窓からは上までは望めないが、かなり高いビルになったようだ。人込みは変わらなくともこのように、店や建物が生まれ変わって行く。それが街の変遷というものなのだろう。上野松坂屋《うえのまつざかや》の前を抜けて更に先に進んだが、通り沿いの店がかなり入れ替わっているのが分かった。ただ有名なカレー店は店構えは変わったものの、前と同じ場所で営業しているようだった。

湯島《ゆしま》の坂を上がって本富士《もとふじ》警察署の前を通った。東大安田《とうだいやすだ》講堂の攻防の頃にはまだ駆け出しの警官で、機動隊の活動をバックアップするため交通整理などの応援に行ったことを思い出す。あの時、拠点になっていたのがこの署だった。思い出に浸っている内に本郷《ほんごう》通りを渡り、真砂坂《まさござか》を降りた。

白山《はくさん》通りを渡ると春日駅前だった。この界隈《かいわい》も随分、新しく生まれ変わったみたいだ。バスの窓からはよく見えなかったが、文京区《ぶんきよう》役所もかなり高い建物になっているようだった。富坂《とみさか》を登り、富坂警察署前を通り過ぎた。

この辺りに来ると乗客の中に、子供や学生の姿が増えた。一帯が学園地区になっているせいだ。小学生もきちんと制服を着、制帽をかぶっている。区立ではない、国立の有名校に通っているのだろう。小学校からバス通学か。大変だな、と少し気の毒に思ってしまうのも歳のせいなのだろうか。今ではこれくらい、当たり前になっているのだろうか。

次々と友達が降りて行く中で一人だけ、ずっとバスに残っている男の子がいた。あの子はいったい、どこから通っているのだろう。こんなに遠くから通学しているのでは家の近くに、友達もいないのではないか。

余計な心配までしていると、新大塚駅のところで右の道に入った。春日通りと別れた。思えば長いこと、春日通りを走っていたものだ。なのに同じ道でも、御徒町の雑踏と学園地区とでは様相が大きく異なる。乗客も変わる。面白いものだな、などと変なところに感心した。

やがて、大塚駅前に着いた。もう終点か。残念に感じてしまうくらいだった。もっとずっと乗っていたかった、というのが偽らざる本心だった。名残惜《なごりお》しさを覚えながら、バスを降りた。

最後まで乗っていた小学生の男の子は、JR大塚駅の方へ歩いて行った。更に鉄路で、家路に就くのか。いったいどこから通っているのだろう。毎日これでは、遊ぶ時間も足りないだろうに。もう一度、大きなお世話の心配をしてしまった。

「いやぁ、楽し
た便なのに、前
か、なんて感
「刑事として
表情が輝いていた。自分が楽しめた
ることができた、と思うとこちらも嬉しくて堪らなかった
分を偽って、楽しんだ振りをしたとしても直ぐに見抜かれていたろう。心から喜
いるからこそ、彼女もまた会心の笑みになっているのだ。「そこまで楽しんでくれた
のなら、余計な提案をした甲斐が少しはあったというものですわ」
「余計だなんて、とんでもない」大きく手を振って打ち消した。「本当にいい提案をしてくれた、と感謝しているよ。お陰で漸《ようや》く、私にも趣味めいたものを見出せたような気がしている」
あぁ余計と言えば、とつけ加えた。御徒町で降りた老夫婦と、終点までバスに残っていた小学生の男の子について話した。余計なことにまで考えを巡らせてしまったよ、とも。もっとも我が夫婦もあのように末永く、との願いまでは打ち明けなかった

ものの。

「さすがだと思います」妻は言った。「それもきっと長年、刑事として過ごして来た経験の賜物《たまもの》ですわ。普通の人間だったらそれ程の観察眼、ありませんもの。精々ただ老夫婦のお客がいた、子供が乗っていたで終わりです。それすら覚えていない方が多いのかも。なのにあなたに掛かると、そこまで考えが膨らむ。ついつい心配してしまうまで。街をあちこち歩き回った記憶といい、刑事だったあなただからこそここまで、バスの旅を楽しめるのに違いありませんわ」

「いやいや」今度は小さく手を振った。そこまで持ち上げられると、気恥ずかしさが先に立ってしまう。「ただ刑事だった頃、都民の日常に入り込むのが仕事だったのは確かだ。日々の生活の陰にある、人間社会の闇に切り込むのが。だからふとしたことからついつい、要らん想像を膨らます癖はついているのかも知れないな」

「路線バスに乗る、というのはその土地その土地の、日常に触れている行為でもあるわけですものね」

「その通りだね」深く頷いた。さすが妻だ、と感心を新たにした。ちょっとした一言で全てを察してしまう。同じくちょっとした一言で、的確に言い表してくれる。「私以外は皆、目的があってそのバスに乗っている。彼らにとっては日常の一部に過ぎない。なのにそこに、私という部外者が入り込んでいるわけだ。そういう意味では刑事時代と相通じるものがある、という見方はできるかも知れない。仕事人間だった私だ。あの時分から全く掛け離れた楽しみ方は最早、できなくなっているのかも知れないね」

大塚駅前の居酒屋で一杯、やって来たという話題も持ち出した。事件の捜査で街を歩き回っていた時、ペアを組んだ署員とたびたび訪れていた店だ。バスを降りてみるとまだあったのでちょっと、暖簾《のれん》を潜ってみた。中も外と同様、昔と変わらぬ佇《たたず》まいだった。

「席に着いてみると煮豆とか油揚げを軽く焙《あぶ》った奴《やつ》とか、素朴な料理が妙に美味しかったなと思い出したんだ。注文してみると、記憶通りだった。あぁ、これこれとばかり酒が進んでしまって、ね。帰りが遅くなったのにはそんなこともあったんだよ」

「私のお料理はどうしても、手の込んだものになりがちですものね」妻が肩を落とした。「これじゃあなたを居酒屋にとられてしまっても、仕方がないのかも知れませんわ」

「あぁいやいや、そういう意味で言ったんじゃないんだ」またも大きく手を振った。「ただちょっと、懐かしかったな、と」

確かに趣味とするだけあって妻の料理は、手間が掛かっている。フランスやイタリアなど西洋料理や、アジア風のエスニックなど異国情緒溢れるものも作る。ところが私は刑事時代、外を歩いてばかりだったため外食に偏りがちだった。歩き疲れを癒すため同僚と一緒に、居酒屋で盃《はい》を挙げることも多かった。だからどうしても好みは、つまみ風の傾向になってしまう。

妻もちゃんと分かっていて私に出すのは、焼き魚とか嗜好《しこう》に合わせたものにしてくれていた。フランス料理など凝ったものに取り組みたくなれば、主婦仲間の集まる日に合わせて作るようにしていた。気遣いは分かっているのだ。しかし成程さっきの言い方では、ちょっと責めるようなニュアンスが含まれているととられても仕方がなかった。

「嘘《うそ》ウソ、冗談ですわよ」パッと破顔した。「ご免なさいね、ちょっとからかってみただけですわ。ただ確かに今のお話には、とても大切なことが含まれているのかも」

料理は手が込んでいるからよい、というものではない。素朴な料理を美味しくさせることの方が難しいのだ。だからこれから自分は一見、簡単でありながら本当に奥深い味をこそ追求してみるべきなのかも、と妻は言うのだった。

「あなたを外に出ずっぱりにさせるのは本意ではありませんからね。一定の時間はここで、一緒に過ごして頂くためにも。お好みの料理の腕を私も磨かなくっちゃ」

「だから、そういう意味で言ったんじゃないんだ、って」

「ええ、分かってますわよ。でも提案したのは自分だけれど、上手いこと行き過ぎてこのままじゃあなたを外にとられちゃう、って危機感があるのは本当ですわ」

「ははは、まぁ」考えてみれば妻がこのように、冗談を並べるのも久しくなかったことだった。それくらい機嫌がいいことの裏返しでもあるのだろう。自分はこれまでこんなに、彼女に心労を与えていたのか。改めて思い知り、心から済まない気持ちに駆られた。「確かにいい趣味を見つけた、という自覚はある。これからもちょくちょく、こうしてあちこち動き回ってみる積もりだ。行った先で居酒屋に寄ることだってあるだろう。ただそれは、お前の料理に嫌気が差したから、ということでは決してないよ。誓って、はっきり言っておく」


それから毎日のように、外出した。行き先も決めずにバスに飛び乗った。ここはいったいどこなのだろう。この便はどこまで向かうのだろう。行き当たりばったりの出会いを思う存分、楽しんだ。

だから夕食は家で摂《と》る積もりだったのについつい、遠出をしてしまうということもよくあった。行った先で「あぁこの店には入ったことがあるぞ」と思い出し、今夜はここで喰《く》って帰ろうと変心することも。そういう時にはなるべく早目に、妻に電話を入れた。

「えぇ、分かりました。楽しんでらっしゃいな」

もしかしたら言葉とは裏腹に、仕込みに時間を掛けた料理を用意していて失望したこともあったかも知れない。それでもおくびにも出すことはなかった。いつも朗らかな声で、妻は応じてくれた。

甘えているだけだ、俺は。自覚があった。ただ妻の掌《てのひら》の上で、遊ばせてもらっているだけだ。

だがまぁ俺が楽しむことが、回り回って妻を喜ばせることにも繋《つな》がる。これもまた甘えに他ならない。それでも割り切って、自分の楽しみを最優先することにした。せっかく巡り会った趣味ではないか。今は思う存分、堪能《たんのう》すればいい。

同じ路線に繰り返し乗ることもよくあった。自分の携わった事件がらみの町へ行く時が、特にそうなった。

最近、頻繁に赴くのが「平井《ひらい》駅前」だった。私が刑事となり、本部（警視庁）の刑事部捜査一課に配属になって初めて関わった事件現場が、ここだったのだ。駅に程近いマンションで、女子大生が刺殺されていた。親と同居していたのだが両親とも外出し、部屋に一人でいたところを襲われたのだった。

思い出したのは、上野松坂屋の前で逡巡していた時だった。例の大塚駅行きの便で取《と》り敢《あ》えずここに来たのだ。上野の松坂屋前も各方面へバスの向かう、ターミナルとなっている。乗り場をうろついていて、「平井駅前」行きの便を見つけた。あぁ、俺の最初の現場じゃないか。記憶が蘇った瞬間、飛び乗っていた。

あの事件では幸い、犯人を特定し逮捕に繋げることができた。両親は私の手を強く握って感謝してくれた。事件そのものは痛ましかったけれども、そういう意味ではいい思い出も残る。今はどうなっているか、見てみようと思うのも当然だった、我ながら。

いつも通り、どこをどう走るのかまるで分からずに乗っている。最初は上野の中央通りを走り、駅前のガード下を潜った。浅草《あさくさ》に向かい、雷門《かみなりもん》の前を抜けた。吾妻橋《あづまばし》で隅田川を渡った。

面白くなって来たのは、東京スカイツリーの前を過ぎた辺りからだった。このままずっと浅草通り沿いに走るのかな。思っていると途端に左折した。あっという間に自分が今、どこを走っているのか分からなくなった。「文花《ぶんか》三丁目」「八広《やひろ》二丁目」などと住所名のようなバス停が続いた。こうなると楽しくて仕方なくなる、今の私は。住民の日常に入り込んだ感が強くなる。すると自然、胸が高鳴って来るのだった。

どこを走っているのか。それどころか今、どっちを向いているのかすら見当もつかない。バスは頻《しき》りに方向転換している。まるでこちらを幻惑しようとでもするかのように。いや、実際には住民の要望にできるだけ合うように、できるだけ多くの人が乗り易《やす》いようコースを設定しているのだろう。あるいは大通りが敷き直されたが路線は旧来のまま残され、今となってみては非合理的に回遊しているかのごとく見えるケースもあるだろう。分かっている、冷静になれば。それでも楽しくてならなかった。俺はこのバスに翻弄されている。ならばとことん、やってもらおうじゃないか。

子供か、俺は。我ながら突っ込みたくなるが、仕方がない。きっとこうしたバスの旅には冒険をしているような、童心をくすぐるような何かがあるのだろう。結局、最後まで「東墨田《すみだ》一丁目」だの、「平井七丁目」だのといったバス停を経て平井駅前に滑り込んだ。「平井六丁目交番前」なんてバス停まであった。

あぁ、こんな感じだったかな。駅前に降り立ち、周囲を一通り見渡した。確かに駅前のロータリーは、面影が残っているぞ。

事件の現場はあっちだったな。取り敢えず、歩き出した。荒川《あらかわ》に向かい、大通りを渡った。確か、この先だった……

歩いてみると様々な記憶が蘇って来、興趣が尽きなかった。そうそう、あそこの住民から得た聞き込みが、後に捜査に大きな影響を及ぼすことになったんだった。逆にあいつの目撃証言はいい加減で、お陰で随分とこっちは無駄足を踏まされることになったんだ。

どこに行ってみても、こうだ。歩いている内に次々と思い出す。あれは、あっちだったかな。いやちょっと待て、こんな感じじゃなかったぞ。あぁそうか、ここの通りは真っ直ぐに敷き直されている。それに沿って新しいマンションも建ち並んだから、街のイメージがこんなに違ってしまっているんだ。

結局、かなり歩き回った。心地《ここち》よい疲れと共に駅前に戻った。あの頃もこうして帰って来て、ペアを組んでいる署員と居酒屋で一杯やったんだっけ。だが行ってみると、店は変わってしまっていた。まぁそれも仕方ないだろう。これだけ時間が経っているのだ。むしろまだやっている方が、稀《まれ》なケースと見るべきなのだろう。

駅前のロータリーが一望できる居酒屋を見つけて、入った。まだ新しいが、感じのいい店構えだった。カウンターに着き、生ビールを注文した。最初の一口を勢いよく喉に流し込み、大きく息を吐いた。

カウンターに着いたまま外を眺《なが》め遣《や》った。駅前だけあって、人の流れが途切れることはない。引っ切りなしに行き交っている。バス停前に並ぶ列もある。そろそろ帰宅ラッシュに差し掛かろうか、という時刻だ。ここまで電車で帰って来、更に最寄りのバス停までの家路に就く人々。バスが到着すると吸い込まれるように車内に消えて行く。乗車が終わると慌ただしく、バスは動き出して路肩を離れる。それら全ての動きを包み込むように、夕刻の帳《とばり》が色を深める。

心地よかった。人の営みを眺めながら呑《の》む酒は、最高だった。俺はいい趣味を持った。改めて心から、思った。

そして、バス停のベンチに腰を下ろしている白髪の男に気がついた。


「私と歳はそう変わらないと思うんだよ」あれから何度も平井駅前に通った。事件に所縁《ゆかり》の場所を訪ね始めると抑えが利かず、一日や二日ではとても終わらなかったのだ。足の向くままに歩き回り、最後はロータリーを見渡す例の店に入った。そして毎回、あの男を目撃することになった。「いつも同じ停留所で、バスを待っている。そして同じ時刻、ベンチに腰を下ろして。なのにそれが、妙なんだ」

「平井駅前」を始発とする路線だった。大きな救急病院の方へ向かう。だから昼間は一時間に何本も、便がある。逆に夕方になると本数はぐっと減る。一時間に精々、一本あるかないかになる。

「恐らくその時刻になると病院から駅の方へ帰って来る客を、乗せて来るのがメインなんだろうね。逆に乗せて行くニーズはあまりないんだろうが、まだ駅へ来る客が残っているから病院の方面に戻る。そういう感じなんだ」

このため他の便は客が列を作っており、バスが到着すると続々と乗り込んで行くがそれだけは違う。乗るのは精々、数人くらいだ。だから整然と並んだ列という程のものも、発生しない。数人が団子状に集まっているだけ。どうせこの人数だからバスが来ればちゃんと座れるのだ。列を作って待つ必然性は殆どない。

「だから待っているのはベンチに座る者。立って辺りを眺めている者など様々だ。いずれにせよバスが来ればさっさと乗り込む。乗車が終わればバスは発車する。なのにその男だけは、乗ることがないんだ。バスのドアが閉まってもベンチに座ったたままでいる」

「まぁ、乗らないんですか」妻も驚いた表情を見せた。「せっかく、待っていたバスが来たというのに」

「そうなんだ」頷いた。「それも、一度や二度じゃない。私が見る限り毎回、そうなんだ。じっとベンチに座って待っているのに、バスに乗ることはない。バスが発車してしまうと少しして、立ち上がる。どこかへ歩み去ってしまう」

「バスに乗ろうとしたけどまだちょっと早過ぎるので、次の便に乗ることにした、というわけでもなさそうですものね」

「その通り」もう一度、頷いた。「今も言った通りその時刻になると、一時間に一本くらいの発車になる。次の便を待つというのではあまりに長い。それに、毎回だよ。一回だけなら本数のことをよく知らずに失敗した、ということはあるだろうがこう何度も、ではあり得ない。おまけにベンチのところに来る時刻はいつも、発車の十分くらい前なんだ。これは確かめたから、間違いない」

不思議に思ったため居酒屋の店主に確認してみたのだった。あの男、いつもあそこのベンチでバスを待ってるね。外を指し示し、話し掛けてみると主も気づいていたらしい。「えぇ、あの人でしょ。私も妙だなと思ってたんですよねぇ。いつもあぁして、バスを待っている。なのに一度も、乗ることはない」

「他の時刻に来ることはないの」

「えぇ。この時刻だけなんです。私も気になってちょくちょく、外を覗いて見てたんで間違いありません。来るのはいつもこの時刻。発車の十分前くらい。それでじっと待っていて、バスが出て行ったら立ち去る」

主の説明を、そのまま妻に伝えた。やっぱり誰が見ても、不審に思ってしまうんだよとつけ加えた。

「何か、思い出でもあるんでしょうかそのバスに」妻が言った。「それも特定の、その時刻に。だから思い出に浸るために毎日、やって来る」

「まぁなぁ」妻の作ってくれた小松菜《こまつな》のお浸しを口に入れた。外で食べて来たため、これくらいのつまみで丁度いいのだ。それにさすが、彼女だった。ちょっとしたお浸しなのに味の深みが違う。口の中でほんわりと、香りが広がる。お陰でいくらでも、酒が進んだ。これも、外で呑んで来たにも拘《かか》わらず。「私も結局、思いつけたのはそれくらいだなぁ」

「それとも、あなた」言い掛けてから口を噤《つぐ》んだ、一瞬。「これは、嫌なお話かも知れませんけれど」

「あぁ、いや」何を言いたいのか直ぐに察して、否定した。男は認知症、所謂《いわゆる》ボケてそんな行動を採っているのではないのか、というのだ。「それはない。距離はあったが眼が見えたからね。あれは、意志のある者の眼光だった。認知症ではあの光はあり得ない」

「あなたが仰《おつしや》るのですものね。間違いはありませんわね」またも一瞬、口を噤《つぐ》んだ。「それじゃぁその人が待っているのは、バスではなくて人なのかも。バスから降りて来る人を待って毎日、そこに通っているのかも知れませんわ」

「あぁ」盲点だった。成程そいつはあり得るな。つまりは主の帰りを待ちわびる、忠犬ハチ公のようなイメージというわけか。「一瞬それだ、と思ったがよく考えてみると、やはり違う。実は降車場は、ロータリーの別の場所にあるんだよ。バスは駅前まで乗って来た客を降車場で降ろした後、乗り場まで進んで始発の客を乗せる。だから降りて来る客を待つのなら、降車場のところにいる筈なんだ。病院方面から乗って来る客はかなりの数、いるんだからね。降りるとわらわらと駅の方へ向かう。急ぐ人も多い。乗り場のベンチに座っていたのでは、見逃してしまい兼ねない」

せっかくの推理だったのに残念だな。妻に軽い慰めの言葉でも掛けようかと思った。ところが彼女の表情を見て、口が止まった。輝くような笑顔を浮かべていたのだ。

「それじゃぁあなた、きっとこうですわよ。その駅の近くに何か、小学校でもありませんこと」

次の日も「平井駅前」に行った。例の時刻、居酒屋で待っていると例の男が現われたので勘定を払って店を出た。

「済みません」歩み寄って、声を掛けた。「不躾《ぶしつけ》のようですが、もしかして、貴方《あなた》」

結局、妻の推理が何も彼《か》も正しかったことが判明した。

「お前の読み通りだったよ」帰って来て、報告した。「やはり彼の待っていたのは、小学生だった。女の子だったが、ね。前にはいつもその時刻、そのバス停にやって来ていたというんだ」

男は名を吉住《よしずみ》といった。貴方が待っているのは小学生の子供ではありませんか。話し掛けると驚いたような表情を浮かべた。「どうしてそれを」ぽかん、と口が開いた。

吉住は北区《きた》王子《おうじ》の地で、不動産屋を経営していた。息子と切り盛りしていたが今年、古稀《こき》を迎えたのを機会に引退することにした。正式に店を息子に譲り、第一線から引いた。ところが趣味のようなものだった仕事がなくなると、することがない。人に勧められ、シルバーパスを手に入れた。路線バスにあちこち乗って楽しむようになった。私とは似た者どうしだったわけだ。ただし彼の方が先に始めていたお陰で年季が入っており、知識も豊富に蓄積されていたが。

所縁《ゆかり》の地に何度も通う、というところまで私と同じだった。仕事柄、都内をあちこち動くことが多かったのだ。平井駅前にも馴染《なじ》みがあり、バスを乗り継いで頻繁に来ていた。

そこで、二人の少女を目撃した。夕刻のバス停だった。とても仲良さそうに、楽しく笑い合いながら並んでベンチに座りバスを待っていた。

バスが来ると、一人が乗り込む。もう一人は外に残ったまま、発車して行くバスに手を振る。ばいば〜い。気をつけてね、また明日〜。車の後ろ姿が見えなくなるまで手を振って、自分は歩いて立ち去る。とても微笑《ほほえ》ましい光景についつい、頬が弛んだ。平井駅前に同じ時刻、来るたびに同じ光景を目にした。

ところがある日のことだった。いつものように一人はバスに乗り、一人は見送ってから歩き去った。なのにバス停のベンチに、人形が残されていたのだ。歩き去る方の子のランドセルに、ストラップで提《さ》げられていた人形だった。とても大切なものらしく、バスを待っている間もよくストラップから外し、友達と撫《な》でている様子を何度も見ていた。

それを、置き忘れてしまったのだ。これは可哀想に。吉住は人形を手に取った。幸い俺は明日もここに来る。その時、渡してあげればいい。

ところが翌日、待ってみたのだが少女達は現われない。渡すことは叶《かな》わずに終わってしまった。

何かあったのかな。ともあれ次の日は、会うことができるだろう。少女の一方はどう見ても、あのバスで通っていた。時刻的にあれは、家路に就いているところだったと見て間違いはない。

もう一人もどう見ても、友達を見送りに来ていた。バスの来る時刻まで一緒に過ごし、見送ってから自分の家に歩いて帰る。毎日そうしていたのだと見てこれも間違いはない筈だった。

だから今日は何かあったにしても、次の日に来てみればきっと会えるに違いない。何も二人一緒に、でなくても別にいいのだ。どちらか一人にでも会うことができれば、目的は果たせる。人形を手渡すことができる。

ところが次の日も、また次の日も少女達は現われなかった。いったいどうしたというのだろう。途方に暮れたが今更、止《や》めるわけにもいかなかった。

交番に届け出ることも考えたが、思い留《とど》まった。二人の少女の姿形を、克明に説明する自信がなかったのだ。それに届け出るのなら何故、初日じゃなかったのかと尋ねられても上手く答えられない。そもそも人形などを持って警官に話し掛けるのも何だか気恥ずかしかった。

お巡《まわ》りさんは忙しいんだ、と自分に言い聞かせた。こんな用事で煩わせるわけにはいかない。幸いこっちは、時間がいくらでも自由になる身じゃないか。バスを乗り継いであちこち旅し、この時刻だけは見計らってここに来てみればいい。かくして吉住は毎日、この時刻にバス停に来て待っていたというわけだった。

「そうでしたか」説明を聞き終えて、私は頷いた。柔和な笑みが浮かんでいるのが自分でもよく分かった。「その子達は時刻的に、学校の学童保育に参加していたのでしょう。両親が共働きで授業が終わっても、家で留守番しなければならない子供などに学校施設を開放している、あれです。だからこの近くの小学校に行って事情を打ち明ければ、その子達がどうなったかきっと分かる筈ですよ」

「しかし」吉住は戸惑いを露《あら》わにした。「私達のような見ず知らずの男が、ふいに現われたのでは学校側としても警戒するのではないでしょうか。今では個人情報とやらに関しても、うるさくなっていることですし。警戒されたままではどうしても、あの子達がどうなったのか教えてもらえないのではないでしょうか」

「大丈夫」更に笑みを深くした。「私にお任せ下さい」

まずは駅前の交番に行った。民間人の吉住なら気恥ずかしさを覚えても、私にすれば勝手知ったる昔の職場の一部である。この辺りが学区になっている小学校はどこか。尋ねると、直ちに情報が得られた。

「実は」元は自分も警視庁に籍を置いていた。打ち明けると警官も、途端に腹を割って笑みを浮かべた。事情を説明するとそれなら事前に一報、こちらから学校側に連絡を入れておきましょうと請け負ってくれた。

交番から一報が行っていたお陰もあったのだろう。学校も、訪ねてみると温かく迎え入れてくれた。こういう時、元刑事という肩書きは大いに役立つ。やはり信用が違う。十年が経っていてもその効能はまだまだ、確固たるものがあった。こうして事情を全て把握することができた。

少女は二人とも思った通り、ここの学童保育に登録していた。実は江戸川《えどがわ》区では「すくすくスクール」と称し、全国的にも先進的な放課後クラブ制を採っているらしい。希望してもキャパ的になかなか受け入れられない自治体も多い中、希望者「全入」を原則とし、年齢や人数による制限は一切ないらしい。このシステムは、全国から視察に来られるくらい評判になっているんですよ。担当のスクールマネージャーが自慢気に胸を張った。

ともあれ繰り返すが少女達は、ここの学童保育を利用していた。真由香《まゆか》ちゃんと満《ま》寿《す》美《み》ちゃん。二人とも元は、学区内に家があったのだ。とても仲がよくいつも一緒に遊んでました。微笑ましいくらいでしたよ、とマネージャーは語った。

ところが真由香ちゃんの方が、親の都合で引っ越した。ただし学校だけは、友達が誰もいないところへ行くのは嫌だという。親も確かに可哀想だと頷き、暫くは変わらずここへ通い続けることになった。バス通学が始まった。

満寿美ちゃんも真由香ちゃんを見送るのに、学童保育が終わると一緒にバス停まで行くようになった。バスが発車し後ろ姿が見えなくなって初めて、家路に就いた。吉住が目撃していたのはその光景だったのだ。

しかしやはり小さい子供にいつまでも、バス通学をさせるのは酷だということで結局、真由香ちゃんは転校することが決まった。いつまでも遠くの学校に通っていると地元に友達が出来ない、と親が危惧した面もあるという。私がかつて大塚駅行きのバスで、少年を見掛けて抱いた懸念は的外れではなかったわけだ。かくして残された満寿美ちゃんは、もうバス停へ行くこともなくなった。真っ直ぐ家路に就くようになった。不幸なことに真由香ちゃんを見送る最後の日に、バス停に人形を置き忘れてしまって。

「そうだったのですか」人形のことを伝えるとマネージャーは、大きく頷いた。「本当にご親切なことで。それじゃ、どうしましょう。明日も満寿美ちゃんは、ここに来ます。私が人形を預かれば、手渡すこともできますが」

「いえ」吉住は首を振った。「我《わ》が儘《まま》かも知れませんが、お節介ついでです。できれば私の手で直接、あの子に渡してあげたいのですが」

「それは、もう。またご足労いただくことになりますが、それでよろしければ、是非」

私も同席させてもらうことにしたのは、言うまでもない。

翌日、吉住と共に小学校を再訪した。「これ、忘れ物だよ」人形を直接、満寿美ちゃんに手渡した。

「わぁ」満寿美ちゃんは人形をぎゅっと抱き締めた。愛《いと》おしそうに頰擦りした。「よかったぁ。間に合って、よかったぁ」

実は今度の日曜日、母親と一緒に真由香ちゃんの家を訪ねて行くことになっていた、という。久しぶりにまた仲良しに会える。なのにこの人形をなくしたままでは、喜びも半減だ。何とか人形が返って来ますように。満寿美ちゃんはここのところ、ずっと神様にお願いしていたというのだった。

「神様だ。神様があたしのお願い、聞いてくれたんだ」

キラキラと輝く少女の瞳を見て、本当によかったと心の底から思った。ちらりと横を盗み見ると吉住の目尻には、うっすらと涙が滲《にじ》んでいた。


「そうでしたか」報告を聞き終えて妻は、大きく頷いた。「それは、よいことをなさいましたわね」

「ただ一つ、お前に尋ねたいことがある」私は言った。「どうして分かったんだ。彼が待っていたのはバスではなく、子供だったのだ、と」

「だから、発想の転換ですわよ」何てことない、と言わんばかりに妻は軽く手を振った。「その方が待っているのはバスに乗って駅へ来る人なのではないか、とあなたに訊いてみましたわよね。でも降車場は別にあるから、それはないと否定された。ならば待っているのは乗って来る人じゃなく、これから乗る人なんじゃないか、と頭を切り替えたわけなんです」

「しかしこれから乗る客と言ったって、子供とは限るまい。夕刻なんだ。会社が終わって帰宅する人も多い。なのに何故、小学生と特定できた」

「そこなんです。会社帰りの人かも、とは私も始めは思いましたわ。でもお勤め帰りなら、時刻にも幅がある筈でしょう。残業だってあるし、仕事仲間と宴会をしたりもするわけなんですから。なのにその方は、必ずその時刻と分かって待っている。それで学童保育かも、と思いついたわけなんですの。あれだったら、帰る時刻が一定になるでしょう。駅の近くに小学校はありますか、とあなたに尋ねてみて、あるというお答えだったのでそれじゃぁきっとそうだ、と見当をつけたわけですわ」

「いやはや」見事な推理だ、と感心するしかなかった。「いつも推理小説を読んでると、そういう能力まで身につくものなのかね」

「まさか、それはありませんわ」妻は薄く笑って手を振った。「ただ他愛もない女の勘がたまたま、当たったというだけでしょう」

しかしいくら謙遜してみせようが、見事だったことに変わりはない。いやはや。胸の中で繰り返した。脳裡《のうり》には、吉住の顔が浮かんでいた。

「どうして分かったんです」実は既に私は、彼から感嘆の目を向けられていたのだ。

「私の待っているのがバスではなく、小学生だった、って。いやいや、さすがは元刑事さんですなぁ。私みたいな素人《しろうと》からすれば最早、超能力にしか見えませんよ」

実際に推理したのは妻だ。しかし打ち明ける機を逸してしまった。頻《しき》りに感心されたまま、吉住とは別れた。

いつ本当のことを打ち明けようか。どういう風に切り出せばいいだろうか。逡巡は尽きなかった。吉住とは今後、一緒にバスの旅を楽しもうという話になっている。これから共に時間を過ごす機会が多くなる。そうした中でいつ、真相に気づかれないとも限らない。ならば早目に話してしまった方が、傷も浅くて済むだろう。しかしならばいつ、どうやって……

迷うばかりだった。どのバスに乗ればいいのか。最初に戸惑っていた時より、ずっと。

太田忠司

ミステリなふたり

Episode

太田忠司（おおた・ただし）

大学在学中からショートショートを発表していたが、1990年に長編ミステリー『僕の殺人』を刊行し、その後、精力的な創作活動をつづける。なかでも小学生の頃から難事件を解決している狩野俊介のシリーズが人気。また、霞田兄妹シリーズ、探偵藤森涼子シリーズ、映画化もされた新宿少年探偵団シリーズなど、謎解きからアクションまで多彩なシリーズを展開している。2022年、『麻倉玲一は信頼できない語り手』で徳間文庫大賞2022を受賞。

1

蹴破るようにしてリビングのドアを開くと、京堂景子《きょうどうけいこ》はバッグをソファに投げ棄《す》て、その側《そば》に倒れ込んだ。

「が――――っ、もおいやあ――――！」

背凭《せもた》れに両腕を預け、紺のセミタイトスカートが破れそうになるくらい脚を広げ、耳のあたりで切りそろえた髪を振り乱し、肺の中の空気を全部吐き出すように声を張り上げる。

「新太郎《しんたろう》くーん！　お水ちょおだぁい！　しんたろー！」

天井を見上げて叫びつづけた。

「しんたろーくーん！　いないのお？」

「何騒いでるんだよ、もう」

キッチンから顔を出したのは、二十歳そこそこの若い男だった。長く伸ばした髪をゴムで無造作に束ねている。華奢《きやしや》と表現してもいいほど細い体つきをしていた。黒のTシャツに黒いデニムパンツを穿《は》いているので、その細さがさらに強調されている。尖《とが》った顎《あご》、描いたような眉《まゆ》、アーモンドのような眼、すっきりと通った鼻梁《びりよう》、少し厚めだが色艶のいい唇。平成の世になって日本男子がついに獲得した新しい美丈夫《びじようふ》の姿がそこにあった。

「あ、新太郎くん、いるならいるって言いなさいよ。疲れた奥さんのご帰還なんだからさあ」

景子はソファの上で鰺《あじ》の開きのように無防備な姿をさらしたまま、新太郎にひらひらと手を振った。

「とにかく、お水ちょうだい、お水」

「はいはい」

新太郎は一度キッチンに引っ込むと、水の入ったグラスを持ってリビングに戻ってきた。

「ほい、ソファに零《こぼ》さないでよ」

「ありがと」

景子はグラスを受け取ると、一気に飲み干した。適度に冷えたミネラルウォーターに、少しレモンを落としてある。

「ふぁ――――っ、おいし――――っ！　ね、もう一杯」

「ちょっと待っててよ。玄関の始末してくるから」

「玄関？　何それ？」

「景子さんの靴。どうせ脱ぎっぱなしであっちこっちに転がしてるんでしょ」

「んなこと、後でいいじゃん」

「よかないよ」

新太郎はさっさとリビングを出ていってしまった。

しばらくして戻ってきたとき、新太郎は銀のトレイにティーカップをふたつ載せて持ってきた。

「何それ？」

「カモミール。苛《いら》ついてるときには、結構効くんだ」

新太郎はトレイをテーブルに置くと、カップのひとつを景子の前に差し出し、自分は景子のバッグを除《よ》けて隣に腰かけた。

「で？　何荒れてるの？」

「荒れてる？　あたしが？　そんなふうに見える？」

「だって玄関じゃ僕の靴まで吹っ飛ばしてるし、玄関マットは裏返しになってるし、おまけに炎でも吐きそうな顔してるじゃん。それで心穏やかだって言うの？」

「……そうなのよ。仰《おお》せのとおり。あたしゃ荒れまくってます」

景子はカップを手にすると、口許《くちもと》に持っていった。

「熱いから、気をつけてよ」

「わかってるって。でもほんと、いい香りね。新太郎くん、どこでこんなの見つけたの？」

「雑誌の仕事。『くつろぎの時間』って連載で、奈村《なむら》セリカってモデルのひとが、気分を落ち着かせるためにはこれが一番だって紹介してるのがあってさ。僕は彼女の似顔絵描いて、それにティーカップ持たせればそれでいいだけだったんだけど、カモミールってどんなものか知りたくなって、それで買ってみたんだ。悪くないでしょ」

新太郎はデビューして間もないイラストレーター、それも似顔絵専門だった。漫画的でもなく、かといって写実的でもない、相手の特徴をデフォルメして描いても決して厭味《いやみ》にならない画風が、結構好評を博しはじめている。二十一歳にして妻帯者。その相手が眼の前にいる景子だった。彼女は二十九歳。姉さん女房ではあるが、精神的には同年齢か、あるいは新太郎のほうが上のようだった。

「それで、景子さんが荒れてるのは、例の事件のこと？　東大曾根《ひがしおおぞね》で起きた殺人事件」

「あ――っ、もうその話、しないでよ」

景子は下唇を突き出した。

「あたし、仕事を家庭に持ち込まない主義なんだからね」

「へえ、いつからそんな主義だったっけ？　いつも僕に捜査のこと話して聞かせるくせに。食事中でも絞殺死体がどうしたとか被害者の傷口から内臓が見えてたとか、そんなことばっかり言ってるじゃん」

「んな細かいこと、いちいち気にするんじゃないの。ったく男のくせに、余計なことまで覚えてるんだから。そういうとこ、あたしの弟にそっくり」

「景子さんが覚えてなさすぎるんでしょ。どうしてこれで刑事が務まるんだか……」

新太郎は大袈裟に首を振ってみせた。

彼が言うとおり、景子は愛知県警の捜査一課に所属する刑事だった。階級は警部補、それなりに偉いのだ。

刑事という仕事は時間が不規則な上に、一旦事件が起きると何日も家に帰れないことが多い。結婚した女性が在職しつづけることは、かなり困難である。それなのに景子が刑事を続けていられるのは、夫の新太郎が在宅で仕事をする傍ら、家事一切を引き受けているからだった。もともと料理洗濯掃除の類《たぐい》がまるで苦手な景子と、その手の仕事は趣味とまで言い切る新太郎の夫婦は、ある意味で理想的な組み合わせ、と言えないこともなかった。

「何が腹立つって、ろくな手掛かりも残さないで殺される被害者くらい腹の立つものもないわよね。後から犯人を見つけるこっちの苦労も考えろってのよ。あーもー、鬱《うっ》陶《とう》しい」

景子はスーツの上着を脱ぎ、ブラウスのボタンをふたつ外した。豊かな胸の谷間が露《あらわ》になる。

「そんな無茶な。殺されたひとだって、そこまで考えちゃいられないだろうしさ」

「だってさ、殺されるには殺されるなりの理由ってもんがあるでしょ。そのへん胸に覚えがあったら、普段から警察のために手掛かりくらい用意しておいてほしいわよ。『わたしが殺されたら、犯人はこいつです』とか手紙を書いておくとかさ。そう思わない？」

「思いません」

新太郎は突き放すように言うと、ソファを立とうとした。

「どこ行くの？　あたしの話、聞いてくれるんじゃなかったの？」

景子は新太郎にしがみついた。

「鍋を見てくるんだ。焦げつかせたくないから」

「あ、今日の晩ご飯？　何？」

「肉じゃが。それに鮪《まぐろ》の刺身を買ってある。味噌汁の具は三つ葉でいいよね」

「お、いいねえ。おふくろの味。そういうの食べたかったんだ」

「そうだろうと思ってさ。景子さん、ここんとこ帰ってなかったから、たぶんその手のもの食べたがるだろうと思って」

「嬉しいなあ。あたしゃいい旦那見っけたわよね。ねえ、ついでだから、あたしの部下にならない？」

「何それ？」

「うちの課にはさあ、ろくな男がいないの。若いのは気が利かないし、同僚や上司はバカばっかりでさ。課長なんて『京堂君、何時《いっ》までもこんな仕事をしておらんで、家庭に入りたまえよ。ご主人もそれを望んでおるに違いないからねえ』なんて言ってくれちゃってさあ……ねえ、ほんとにそんなこと思ってる？」

「思ってないよ」

新太郎はあっさりと言う。

「僕、別に女が家にいるべきだなんて思わないし、それに景子さんが家にいたら僕の仕事が増えるばっかりで、かえって困ると思う」

「なによその言い草。ま、当たってるかもしれないけどさ。とにかく、人間関係だけで疲れちゃって、その上厄介な事件まで起きてくれるもんだから、もう心身ともにズタボロなの。新太郎くんみたいに気の利く部下がいてくれたら、どんなに楽か。ね、今からでも遅くないから、警察官の試験受けてみない？」

「却下」

立ち上がろうとする新太郎の頭を、景子は両手で抱え込んで自分の胸に押しつけた。

「ちょ……ちょっと、何すんの？」

「ほらほら、刑事になればこんな特典もあるんだよ。美貌の女刑事のパフパフなんざ、ちょっと他では経験できないでしょうが」

「景子さん、あんた他の刑事にこんなことしてんの？」

「あらしんちゃん、妬《や》いてるの？　かーいーっ！」

景子はさらにしっかりと、新太郎の顔をはだけた胸に押しつけた。

「そんなんじゃないってば……ちょっと、息できないって！」

「だあいじょーぶ、あたしのおっぱいに触りたがってる男は山のようにいるけど、触らせてあげてるのはしんちゃんだけだから」

「そのしんちゃんって言い方はやめてよ。あんな下品なガキと一緒にされたくない……ふがっ」

「どーして？　いいじゃない。ねえ、『ぞーさんぞーさん』やってみて」

「ば……！」

景子の手が自分のベルトにかかったのを知って、新太郎はうろたえた。

「ちょっと待った！」

「待てない！　ぞーさん見るんだもん！」

「肉じゃがが焦げちゃうってば！」

「んなもん、焦げさせちゃえ。三日ぶりに顔見れたんだから、少しはあたしの言うことを聞きなさい」

「無茶苦茶な……あああ……」

結局、その日の彼らの夕食は、一時間ほど遅れることとなった。

2

「怒んないでよ。謝ってるんだからさ」

「怒ってないよ」

そう言いながら新太郎は、むすっとした表情を変えようとしない。

ダイニングに置かれたテーブルを挟んで、ふたりは向き合っている。テーブルには鮪の刺身、三つ葉の味噌汁、急ごしらえで作ったじゃが芋のせん切り炒め、そしてご飯が置かれていた。

新太郎が手間ひまかけて作り上げた肉じゃがの姿は、ない。

「あの肉じゃが、あたし、食べようか」

「もう捨てちゃったよ。真っ黒焦げの肉じゃがなんて、出せるわけないじゃん」

新太郎は唇を尖らせるように言うと、ご飯を頬張《ほおば》った。

「……あ、このじゃが芋炒めたの、美味《おい》しいわあ！」

景子は、はしゃぐように言った。

「…………」

「じゃが芋のこんな食べ方、知らなかったわあ」

「そう？」

少しだけ、新太郎の声が明るくなる。

「うん、すごく美味しい。どうやったの？」

「じゃが芋をせん切りして、一旦水にさらしてから水気を切っておくの。それから人参とハムも同じようなせん切りにして、じゃが芋と一緒に炒めて、シャキッとしてる間に塩胡椒《こしょう》とマスタードと醤油で味付けするだけ。簡単だよ」

「へえ……すごいなあ。とっさにこんなもの作れるなんて、やっぱ新太郎くんってば料理の天才！」

景子は大仰《おおぎょう》に感心してみせた。

「こんなの、たいして難しいもんじゃないって」

怒ったように言いながらも、新太郎の表情には嬉しそうな色が滲《にじ》んでいた。そのことに自分自身気づいたのか、彼はふと真顔になって、

「それよりさ、今度はもうちょっと考えてからしてよね。火事にならなかっただけ幸運だったんだから」

「はーい、反省してます」

景子は素直に頭を下げる。そして上目遣いに新太郎を見つめた。

「でもさ、あたし、新太郎くんとしたかったんだもん」

「だからってさ……もう少し時と場所を考えてよ。ありゃまるで……家庭内レイプだよ」

「新太郎くん、したくなかったの？　あたしと、したくなかったの？」

思いきり眼を潤ませ、拗《す》ねたような声で訴えた。捜査現場で男どもを怒鳴り散らしている彼女しか知らない同僚たちには、想像もできない姿だろう。

「そりゃ……だから、ちゃんと、したじゃん」

新太郎は顔を赤くする。

「と、とにかく、ご飯を食べちゃってよ。片づかないからさ」

「……うん」

景子はにっこり微笑《ほほえ》んだ。

食事を終えると新太郎はさっさと食器を流しに片づけ、代わりに湯飲みと急須を持ってきた。

「明日も早いの？」

熱い煎茶を湯飲みに注ぎながら、新太郎が尋ねた。

「うん、まだ捜査の手掛かりが何にもないから。六時には起きないと」

答えてから景子は、うんざりといった顔になった。

「あー、思い出すとうざったくなる。なんであんな事件を担当しなきゃなんないのかしら」

「テレビで言ってたけど、密室殺人だって？」

「みたいね。冗談じゃないわよ。密室殺人なんて小説の中だけにしてほしかったわ。だけど、テレビのニュースでそんなことまで言ってたの？」

「ああ、ワイドショーでも取り上げてたよ」

職業柄、新太郎はタレントの似顔絵を描くことが多いので、テレビのワイドショーや芸能週刊誌の類はなるべく眼を通すようにしているようだった。

「ほら、新聞のテレビ欄にも出てる」

彼が示した紙面には、「美人後妻密室殺人！　夫と愛人を天秤《てんびん》にかけた女の悲惨な末路！」などという文字が躍っている。

「これはまた、下品な謳《うた》い文句」

「違うの？」

「いや、別に違いはしないけど……ねえ」

景子はかすかに首を振りながら、その記事を見ていたが、ふと思い出したように、

「新太郎くん、密室のこと、詳しい？」

「詳しいって訊かれても、どう答えていいのかわかんないよ」

「密室トリックとか、いろいろ知ってるわよね？」

「うん、まあ……」

「じゃあ、あたしが事件のあらましを話すから、どんなトリックが使われたか考えてみてよ」

「ちょっと景子さん、そいつは無茶ってもんじゃ――」

「無茶じゃないって。ただ意見を聞きたいだけ。新太郎くん、こういうの得意じゃん。ね、聞くだけ聞いて」

「やれやれ……嫌だって言ったって、どうせ話すつもりでしょ？」

新太郎は苦笑を浮かべた。

「とにかく話してみてよ。それで景子さんの気が済むならさ」

「ありがとー！」

景子はテーブル越しに新太郎を抱きしめようとした。

「危ない！　お茶が零れる！」

「あ」

後悔は先に立たなかった。ふたりの湯飲みは、いともあっさりと転がって、テーブルの上に水溜まり、いや、お茶溜まりを作った。

「あちっ！」

「大丈夫？」

「うん、大丈夫。それより布巾《ふきん》持ってきて」

「あ、はいはい」

景子は大急ぎで、布巾を持ってきた。

「ったく、もう少し行動する前に考えてほしいな」

新太郎はテーブルを拭きながら、文句を言った。

「ごめんなさあい」

景子はひたすら謝るしかなかった。

3

「さてと、お話を再開しましょうか」

掃除も終わって一息ついたところで、新太郎が言った。

「テレビでいろいろ情報を聞いてはいるけど、一度景子さんに最初から話してもらったほうがいいかな。場所は東区の東大曾根だっけ？」

「そう、住宅街の中の一戸建の家。うちみたいな賃貸の3DKマンションなんかとは比べ物にならないお屋敷。高い塀に囲まれてて、庭にはきちんと庭師が手入れした木があってね。どんな悪いことしたらこんな家に住めるんだろうって感じの家だったわね」

「テレビに映ったから、その家の正面は見たな。たしかに大きな家みたいだった。でもあの家、会社の社長さんの家なんでしょ？　だったら悪いことしてなくてもあれくらいの家、建てられるんじゃないのかな？」

「社長になるまでに、きっといろいろ悪いことしてるのよ。でなきゃ早乙女《さおとめ》化成なんて大企業の社長になれるもんですか」

「景子さん、偏見むき出しだね。ま、それは置いとくとして、殺されたのはその家の奥さんなんだよね？」

「うん、大石艶子《おおいしつやこ》、三十一歳。名前からしていかがわしいと思わない？　艶子なんて」

「そんなこと言ってると、全国の艶子さんから抗議されるよ。艶子さんの旦那さんが大石修造《しゅうぞう》、五十四歳、早乙女化成社長と。艶子さんは後妻なんだよね？」

「三人目なんだって。最初の奥さんとは死別、ふたり目とは離婚。離婚の原因は艶子だったらしいの。もともと修造の秘書をしてた艶子が、いつの間にか愛人になってたらしくて。前の奥さんはよりを戻すより慰謝料もらって別れるほうを選んだのね。今は大阪で悠々自適の暮らしをしてるみたい。このひとが犯人である可能性は――」

「まだ犯人特定の話をするのは早いよ。事件のことを教えてくれなきゃ」

　新太郎が釘を刺した。

「あ、そか。じゃあ最初から話すね。えっと……艶子の死体が発見された日のことからでいいよね？」

「うん、その日のことを順番にね」

「艶子の生きている姿が最後に見られたのは、三日前の朝七時半、旦那の修造が家を出るとき。艶子は家の前で見送りしたそうよ。でもって死体が発見されたのが、その日の午後七時十五分頃かな。艶子のお姉さんの中谷有里《なかたにゆり》ってひとが、大石の家に来て艶子が死んでるのを発見したの」

「その有里ってひと、どうして艶子さんに会いにきたの？」

「なんか沖縄のほうに旅行してたとかで、お土産を渡しにきたって言ってるけど」

「そのお土産、本当に持ってた?」

「うん、シーサーの人形。けっこう可愛かった」

「なるほどね。で、大石さんの家に入って艶子さんの死体を見つけたと……あれ? それじゃ密室殺人にはならないか。有里さん、鍵を持ってたの?」

「ううん、持ってなかった。て言うか、有里は家に入れなかったの。鍵が掛かっててね。インターフォン押しても返事がないし、それで庭のほうに回ってみたら、窓ガラス越しに艶子が倒れてるのが見えて、それで慌てて家の前の道に飛び出したの。ちょうどそこに巡回してた近くの交番の巡査がやってきて、喚《わめ》いてる有里からなんとか話を聞き出して、一緒に大石の家へ向かったのね。で、その巡査も窓越しに艶子を見つけて、玄関のドアを破って中に入ったというわけ。ドアには鍵だけじゃなくて、内側からチェーンが掛けられていたの。中に入って調べてみると、艶子はもう死んでることがわかって、それからは大騒ぎ。巡査から連絡を受けて、あたしたちが現場に到着したのが、七時四十分くらいだったかな」

「艶子さんの死因は?」

「後頭部をガツン。凶器は床に転がっていたクリスタルガラスの花瓶。指紋は付いてなかったわ」

「死亡推定時刻は？」

「えっとね……あら、なんか新太郎くん、プロっぽい言い方するね」

「そっかな？　推理小説のお約束だから訊いてみただけなんだけど」

「でもなんか、かっこいいよ。ねえ、やっぱり刑事になりなさいよ。きっと似合うわよ」

「ははは……」

新太郎は笑ってごまかす。

「そんなことより、事件の話」

「あ、そかそか。死亡推定時刻だったよね。たしか……えっと、何時だっけか」

景子はリビングに放り出したままのバッグを持ってくると、中から手帳を取り出してページを捲《めく》った。

「んーと、我ながら読みにくいメモだね。どこに何が書いてあるのかわかんないや……あったあった、死亡推定時刻は午後一時から三時の間だってさ」

「……ふーん」

「なに？　その『ふーん』ってのは」

「何でもない。先を続けてよ」

「……引っかかる言い方するわね。ま、いいけど。それでっと、家の中は荒らされた形跡なし。ただし艶子が倒れてたリビングには、誰かと争ったらしい痕《あと》が残ってたわ」

「どんな痕？」

「位置のずれたソファ、サイドボードから転がり落ちた時計、捲れたカーペット、なんてものね」

「落ちてた時計、止まってなかった？」

「時計は……壊れてなかったみたいね」

景子はメモを読み返しながら答えた。

「なんだ、壊れてたら面白かったのに。でも、その手のレッド・ヘリングは、いい加減食べ飽きちゃってるかな」

「レッド、何？」

「レッド・ヘリング、赤い鰊《にしん》。犯人が捜査を混乱させるために残しておく偽の手掛かりのこと。たとえば犯行現場に壊れて動かなくなった時計があったとしたら、それは犯人と被害者がもみ合ったときに壊れたものではなく、犯人が犯行時刻を警察に誤認させるために故意に壊しておいたものである、なんてやつだね。ま、それはともかく、盗まれたものとかはなかったの？」

「家に戻ってきた大石修造に確認してもらったんだけど、何も盗まれてないみたい。家にはかなりの現金もあったし、艶子もどでかいサファイアの指輪なんかしてたけど、それにも手は付けられてなかったようだし、物盗《ものと》りの犯行ってわけじゃなさそうよ」

「じゃ、怨恨？」

「でしょうね。調べれば調べるほど、その線が強くなる感じ。たとえば旦那の修造だけど、最近は艶子との仲がよくなかったみたい。艶子が友達にこぼしてたみたいよ」

「原因は？」

「修造の浮気。またまた秘書に手を付けてたみたい。矢部美江《やべみえ》っていう二十三歳の子でね、ときどき出張なんかに連れていってるらしいのよ」

「それはほんとのこと？　それとも艶子さんがそう思い込んでただけってこと？」

「社内でも噂になってたみたい。修造自身は否定してたけどね。本当のことかどうかはわかんないけど、少なくともそのことが原因で修造と艶子の仲が冷えてたのは、たしかね」

「ふーん、で、修造さんのアリバイは？」

「朝七時半に家を出てから、会社に行って昼まで会議。お昼は会社の役員たちと会社近くのホテルで食べて、午後からは銀行とか取引先を回ってたって。大会社の社長のくせに、そんなことしなきゃなんないのね。問題の午後一時から三時の間は、車で移動して尾張《おわり》銀行の副頭取と会談、それからまた車で移動して、西宮《にしのみや》石油の名古屋支店長と会議をしてたってさ。もちろん裏は取ったわよ。銀行のほうでも石油会社のほうでも、修造の証言が正しいことが証明されたわ」

「車で移動中に、ひょいと家へ寄って奥さんを殺すってことはできないのかな？」

「無理ね。たとえ運転手と口裏を合わせてたとしても、時間的距離的に、そんなことをしてる余裕はないわ」

「そっか……。じゃあ修造さんの愛人とかいう矢部美江ってひとのほうは？　噂が本当だとすれば、そのひとにも動機はあるわけだし」

「それなんだけどね……」

景子は意味ありげな口調で、

「じつは矢部美江はその日、会社を休んでるの」

「ほう、理由は？」

新太郎は興味を持ったようだ。

「それがねえ……お見合い」

「お見合い？」

「和室にお座布団に鹿威《ししおど》し。三点セット付きの立派なやつをやってたらしいわよ。艶子が殺された時間には『じゃ、ここからは若い者同士で……』なんてことになってたみたい。見合いの相手が殺人の片棒を担いでくれたならともかく、彼女に艶子を殺せた可能性はないわね」

「なるほど。すると美江さんが修造さんの愛人だって説も、これで崩れるわけだな」

「どうして？」

「どうしてって、決まってるじゃん。美江さんは見合いしたんだろ？」

「見合いしたからって、他に好きなひとがいないって意味にはなんないってば。とにかく、旦那の修造と矢部美江には艶子を殺すことはできなかった。これはわかるよね？　で、次に疑われたのが、西田恵一《にしだけいいち》って男」

「ワイドショーで言ってた、艶子さんの浮気の相手だね？」

「そそ。旦那も旦那だけど、艶子だって立派に愛人こさえてたんだから、たいしたもんよね。見習いたいくらい」

「別に見習わなくてもいいってば。その西田さんってひと、艶子さんが大学時代に家庭教師をしてた相手なんだって？」

「うん、十年前、惠一が中三で高校受験をするときに、艶子が家庭教師をしたんだって」

「テレビじゃ、そのときからふたりの間に関係があったなんて言ってたけど」

「そいつはどうだかわからないけどね。でも半年前に偶然再会してからは、かなり親密な付き合いをしてたみたい。惠一は今、大学院で化学だか何だかの研究をしてるそうだけど、週に一回はホテルで会ってたんだって。それは惠一自身が認めたわ」

「その西田さんって、艶子さんの家にも出入りしてたんだって？　ワイドショーで近所のおばさんが、顔にモザイクかけられながら言ってた」

「それがね、惠一は今まで一度だって艶子の家に行ったことはないって断言してるの。それがほんとかどうか、わかんないけどね。大石の家に若い男が出入りしてたって情報は警察も摑んでるし、まずそれは惠一に間違いないだろうって、捜査のみんなも思ってるみたい」

「でも、西田さんは否定してる、と……」

新太郎はそう言ったまま、考え込むように口を閉ざした。

「何？　なんか気になることでもある？」

「うん、ちょっとだけね。でも、まだ結論を出すのは早いかな」

「あ、いっちょまえに名探偵ぶってるな」

「そんなんじゃないって。とにかく景子さんの話を全部聞いてからってこと。西田恵一さんのアリバイは？」

「あんまりはっきりしないのよね。当日はお昼を食べてから四時頃まで、大学の研究室で論文を読んでたって言うんだけど、ひとりきりでいたから誰も証人がいないの。恵一のいる大学から艶子の家までは、歩いて二十分くらいかな。だから研究室を抜け出して艶子の家に行って、彼女を殺して戻ってくることは、できない相談じゃないわけよ。今んとこ、恵一が容疑者のトップね」

「ふうん……でもさ、動機は？」

「痴情のもつれ。艶子が飽きたか恵一が飽きたか、どっちにせよ別れ話が原因でカッとなった恵一が艶子を殴り殺しちゃったってこと」

「西田さんは犯行を認めてるの？」

「認めてたら、とっくに逮捕状取ってるわよ。『僕と艶子さんは愛し合ってました。あのひとを殺すだなんてとんでもない』って刑事の前でわんわん泣いてたわ。ちょっと大袈裟なくらい。嘘かほんとかわかんないわね」

「でも動機は今のところ、想像でしかないわけだね？」

「まあ、そうだけど……」

景子は自信なさそうに頷《うなず》く。

「それに、彼が犯人であるという確証もないわけだ」

「何よ、新太郎くんは惠一の肩を持つわけ？」

「違うってば。ただ確認したかっただけなの。西田さんの場合、修造さんや美江さんとは反対に、殺害の機会はあったけど動機は少し弱いわけだ。他に容疑者のリストに挙がってるひとはいるの？」

「あとひとりだけ」

「ひょっとして、中谷有里かな？」

「ぴんぽーん。鋭いね新太郎くん」

「第一発見者が疑われるのは定番だと思ってさ。でも有里さんは艶子さんのお姉さんなんでしょ。妹を殺す動機なんてあるの？」

「それがあるんだな。有里は艶子に借金してるのよ。有里のところは夫婦で喫茶店を開いてるんだけど、閑古鳥が鳴きまくってる状況なんだって。おかげで家賃とか仕入先への支払いも苦しくなって、そのたびに艶子に金を融通してもらってたらしいの。それが溜まって、今じゃ一千万くらいになってるのよ。その借金が返せなくて、思い余ったあげくに……という線も考えられるわけ」

「なるほどね。でもさ、もしそうだとすると、有里さんは一度艶子さんちに行って艶子さんを殺した後、また夜になって艶子さんちに戻って、今度は死体を発見する役を演じたってことになるでしょ。どうしてそんなことをしたのかな？」

「そりゃやっぱり、自分が殺《や》ったってことを誤魔化《ごまか》すためでしょ。まさか自分が殺した死体のことを自分で通報する奴なんていないだろうって思ったんじゃないのかな。実際には新太郎くんがさっき言ったみたいに、第一発見者ってのは疑われるもんなんだけどね」

「有里さんのアリバイは？」

「その日は午後六時まで喫茶店で働いてたそうよ。ただ閑古鳥しかいない店だから、そのことを証明してくれるお客さんがいないんだって。一緒に働いてた旦那の証言も、ちょっと信用できないしね。なんたって共犯の可能性大なんだから」

「たしかにそうだな。それにしても、容疑者が多い事件だなあ」

「でしょ。だからあたしも困ってるのよ。怪しい人間はいっぱいいるんだけど、決め手がなくてひとりに絞れなくってさあ。ねえ新太郎くん、なんか気がついたことない？」

「って言われてもなあ……」

新太郎は眼の前に垂れてきた前髪を指で掻《か》き上げながら、

「誰が犯人であるにせよ、ネックがひとつあるね。例の密室」

「そう、それもあるんだよなあ……」

景子はうんざりといった顔で頷く。

「家の中は、全部内側から鍵が掛かってたんだよね？」

「うん、家の出入口は玄関と勝手口の二カ所なんだけど、玄関のほうはさっき言ったように鍵が掛けられてた上にチェーンも掛かってたのよね。勝手口のほうも、内側から閂《かんぬき》が掛かってたの。窓のほうも同じ。しっかり内側からロックされてたわ。抜け出せる隙間はなし」

「有里さんとお巡りさんが家に入ったとき、まだ家の中に犯人が隠れていたって可能性はないのかな？」

「それもないみたいね。巡査が家の中に入っていったとき、有里は玄関で待ってたらしいの。もしその間に犯人が逃げようとしたら、彼女に見つからないはずがないわ。

その後もあたしたちが到着するまで、巡査と有里は玄関前に立ってたそうだから、逃げられる余裕はないわね……あ、でも」

景子はふと思いついたように、

「もし犯人と有里が共犯だったら……巡査が家に飛び込んだ隙に、彼女が犯人を逃がしたのかもしれない……そうか、そのことは今まで思いつかなかった！」

景子は慌てて立ち上がる。

「どうするの？」

「一課に電話するのよ。まだ残ってる奴がいるはずだから、有里のことを徹底的に調べさせるの」

「だったら、もうひとつ調べておいてほしいことがあるんだけど」

「なに？」

「有里さんはいきなり艶子さんちにお土産を渡しに行ったのか、それとも前もって連絡してあったのかどうか」

「そのことなら、もうわかってるわよ。先に電話して七時に家へ行くって艶子に伝えたんだって」

「電話？　それ、いつのこと？」

「えっとね……」

景子はメモをめくる。

「犯行のあった日の、午後二時頃だってさ」

「二時か……」

「なによ?」

「いや、なんでもない。なんか、頭がこんがらがってきちゃった。ちょっと休憩ね」

そう言うと新太郎は、湯飲みと急須を流しに持っていった。

景子がリビングの電話で県警と連絡を取っていると、新太郎が戻ってきた。ソファに腰をおろし、手にした本を開く。『今晩のおかず一〇一品』というタイトルのレシピ集だった。ここ最近、彼はこの本を参考にして料理を作っているようだった。

「ふふん、あたしの読みも、まんざらでもなかったみたい」

受話器をおろした景子は、得意げな笑みを浮かべて新太郎の隣に腰かけた。

「何かわかったの?」

本に視線を落としたまま、新太郎が尋ねた。彼が見ているページには洋風肉じゃがのレシピが載っていた。洋風と言っても、ただカレー粉を加えるだけらしい。

「有里の旦那がねえ、事件当日は喫茶店にいなかったことがわかったのよ」

「へええ」

少しだけ驚いたような声をあげたが、しかし新太郎はレシピ集から顔を上げようとはしなかった。

「へええ、って、興味ないの？」

「あるある。大あり。それで旦那さん、どこに行ってたの？」

「二日酔いで家で寝てたんだって」

「それが本当なら、最初からそう警察に言えばよかったのに」

「ひとりきりでいたことがわかったら、アリバイを申し立てることができないと思ったから、嘘ついたんだってさ。信じられる？　あたしは信じないけどね」

「うん、たしかに信じにくい言い訳だな。でも、信じていいかもしれない」

「どうして？」

「だって、有里と旦那さんが犯人ってことはないからさ」

「あれ？　どうしてそう言い切れるの？」

景子は眼を丸くした。

新太郎はレシピに眼を落としながら、何でもないことのように言った。

「だって、犯人は別にいるもの」

4

「肉じゃが作るとき、砂糖と醬油で味付けするでしょ」

新太郎はいきなり妙なことを言い出した。

「そのとき、どっちを先に入れたらいいか知ってる？」

「どっちって……」

景子には新太郎の質問の意図がよくわからない。

「そんなの、今の話と関係があるの？　新太郎くん、犯人がわかったんじゃないの？」

「その話をしたいから、訊いてるんだよ。さあ、どっちだか知ってる？」

「んなこと知らない。どっちでもいいんじゃないの」

景子はむくれた。

「どっちでもいい、とも言えるな。でも味をよく染《し》み込ませたいなら、砂糖を先に入れたほうがいいんだ。醬油を先にしてしまうと、分子の大きな砂糖は素材に染み込みにくくなるんだって」

「へえ、それで？」

「だからさ、順番が大切ってこと。材料さえ用意して煮込んでしまえば肉じゃがは作れるんだけど、でも手順がちゃんとわかっていれば、本当の美味しさが出てくるんだ」

「それって、ほのめかしってやつ？　警察が捜査の順番を間違えてるってこと？」

「間違えてるというほど狂っちゃいないけどね。でも順番を変えて考えてみたほうがいいかもしれない」

「どういうふうに？」

「一、事件が起きた。二、犯人として疑わしい人間をリストアップした。三、彼らに犯行が可能かどうか調査した。

これが今までの流れだよね。これをちょっと変えてみたらどうなる？

一、事件が起きた。二、犯行が可能な人間をリストアップした。三、彼らに動機があるかどうか調査した。

こんなふうになるだろ？」

「……言ってる意味、よくわかんない」

「犯行が可能なのに、見落とされてる人間がいるってことさ」

「誰のことよ？」

景子が身を乗り出した。

「誰を見落としてるって言うの？」

「ひとりいるじゃん。事件発生の最初のほうから登場してるくせに、全然無視されてるひとがさ」

新太郎は言った。

「有里さんが助けを求めて、一緒に艶子さんちに飛び込んだ人間……交番のお巡りさんだ」

「え」

景子は一瞬、惚《ほう》けたような顔になった。

「巡査が？　彼が犯人だって？」

「最初に気になったのは、部屋の明かりだったんだよ」

新太郎は話しはじめた。

「艶子さんが殺されたのは午後一時から三時の間だったよね。真っ昼間じゃん。当然、部屋に明かりはつけないよね。だけど午後七時、暗くなってからやってきた有里は、外から窓ガラス越しに艶子さんの死体を見ている。明かりがついてなかったら、絶対に部屋の中なんてわかんないはずだよ。だから僕は、艶子さんが倒れていた客間には明かりが灯《とも》っていたと確信したわけ。

　だとすると、明かりは艶子さんが殺された昼すぎから、つけられていたってことになる。どうして犯人は、そんなことをしたんだろうね」

「照明をつけたのは、犯人だって言うの？」

「他に考えられないでしょ。艶子さん自身がつけるわけないしさ。明かりをつけておいたのは犯人に間違いないよ。そしてその理由は、有里さんに艶子さんの死体を発見させるためだった。彼女が死体を見て驚いて飛び出してくるのを待ってたんだよ」

「じゃあ、巡査がたまたま通りかかったっていうのは……」

「たまたまなんかじゃない。ずっと待ってたんだ。彼は有里さんが午後七時に艶子さんちにやってくることを知ってた。たぶん、有里さんが電話をしたとき、艶子さんの側にいたんだろうね。

　路上に飛び出してきた有里さんの前に、お巡りさんがやってきた。当然助けを求めるだろうね。お巡りさんは言われたとおりに庭から艶子さんが倒れているのを確認した。

　さて次だ。眼の前で女のひとが倒れている。間には窓ガラス一枚。そんな状況だったら間違いなく、お巡りさんは窓ガラスを割って中に入るんじゃないのかな？　そのほうが簡単だもの。だけど彼はわざわざ玄関に回り込んで、面倒な玄関ドアを破ってる。どうしてそんなことをしたのか……」

新太郎は言葉を切った。景子は文字どおり固唾《かたず》を呑んで、彼の次の言葉を待っている。

「僕の推理はこうだ。お巡りさんはドアを破った後、自分から『あなたはここにいてください』とか何とか言って、有里さんを玄関に待たせておいた。そして自分はリビングに行って時間を稼ぐ。何の時間かわかる？　有里さんが家の中に潜んでいたであろう共犯者を逃がしたと、後で捜査陣が疑うに足るだけの時間だよ。つまりさ、彼はさっき景子さんが辿《たど》りついた結論に捜査陣を導くために、わざわざそんな小細工を弄《ろう》したってわけ。ほんとはそんな人間いなかったんだけど、こういう細工をすることによって、家の中に誰かが隠れていたかのような状況を作り出したんだよ」

「なるほど……」

景子は大きく頷いた。新太郎の推理に納得している様子だった。が、ふと不審そうな表情に戻って、

「あ、でもさ、密室はどうやって作ったの？　チェーンを外から掛けることができなきゃ……」

「チェーンなんて、最初から掛かってなかったんだよ。というか、途中で引きちぎれてたんだろうね。お巡りさんは犯行後ドアの鍵を掛ける前に、ちぎったチェーンの端の金具をドア側のスロットに落とし込んでおいたんだ。ドアを破った後じゃ、そのチェーンがドアを破るときにちぎれたのか、その前からちぎれてたのかわかんないからね」

「うーん……そういうことだったのかあ」

景子は唸《うな》った。

「新太郎くんってば、すごいわ。まさか本当に事件を解決しちゃうなんて」

「ま、今のはあくまで推理にすぎない。たぶん間違いないと思うけどね。残ってる問題は動機だけど、それもなんとなく想像できるな」

「え？　ほんと？」

「例の艶子さんちに出入りするところを見られてた若い男、みんなは西田恵一さんだと思ってるらしいけど、ほんとはそのお巡りさんなんじゃないかな」

「ってことは、その巡査と艶子が……？」

「裏付け捜査は警察のお仕事だよね」

「うんうん、そこまで教えてくれたら、裏付けだろうと守口漬《もりぐちづけ》だろうと何でもしちゃう。それにしてもすごいわあ。あたし、感動しちゃった！」

「じゃ、さっそく捜査本部のほうに確認してもらうように電話を入れたら？」

「そんなの明日すればいいわ。それよりも……！」

景子は新太郎に抱きついた。

「ちょっ……ちょっと景子さん……！」

ソファの上に押し倒されて、新太郎は仰向けにひっくり返った。

「本がくしゃくしゃになっちゃうよ。ちょっと、何する気だよ!?」

「名推理への感謝の気持ち。あたしの体で払ったげる」

「そんな……」

「なによ、あたしの体じゃ不満？」

「いや、そうじゃなくってさあ……さっき、やったばかりじゃん……」

「あたし、新太郎くんとだったら何度でも」

「何度でもって、景子さんはよくてもこっちが……」

「若いもんが何を情けないこと言ってるの！　なせばなる。ガッツだぜ。うりゃ！」

「あああ……」

かくして華奢な夫のか細い体は、女刑事の逞《たくま》しい腕に組み伏せられるのだった。

斎藤千輪

京都の加茂ナス

Episode

斎藤千輪（さいとう・ちわ）

映像制作会社を経て放送作家・ライターとして活動していた2016年に、『窓がない部屋のミス・マーシュ 占いユニットで謎解きを』で第2回角川文庫キャラクター小説大賞優秀賞を受賞する。2018年刊の『ビストロ三軒亭の謎めく晩餐』が好評でシリーズ化。つづいて『神楽坂つきみ茶屋』のシリーズ、『グルメ警部の美食捜査』のシリーズ、『トラットリア代官山』、双葉文庫ルーキー大賞第2回受賞作『だから僕は君をさらう』などを刊行。

目黒川《めぐろがわ》を越えて坂を上り、西郷山《さいごうやま》公園の横を通り過ぎた。

薄曇りの代官山《だいかんやま》。晩夏の夕刻。命を振り絞るように鳴くセミの声が、季節の変わり目を告げている。犬を連れた人々とすれ違う率が高いのは、愛犬家たちが広大な公園で散歩をするためだろう。

ここは元々、西郷隆盛《たかもり》の弟でもある明治時代の軍人で政治家、西郷従道《つぐみち》の邸宅地だったそうだ。公園内の石碑によると、〝約六万平方米の敷地に、洋館・和館などが建てられ、池のある回遊式の庭園は付近随一の名園といわれた〟とのこと。

しかも、ここら一帯は丘陵《きゅうりょう》になっているため、江戸時代は富士山《ふじさん》がよく見える観光名所だったという。稀代《きたい》の浮世絵師・歌川広重《うたがわひろしげ》が、この辺りで眺めた富士山を『名所江戸百景』として描いたほどの美観。建物やらスモッグやらで遮られがちの今も、晴れた日には霊峰《れいほう》の姿を拝むことができる。

眺めの良い一等地に建てられた、広大な西郷従道の邸宅。

――どんだけ広いお屋敷だったんだろ。そんな家に住んでみたいよなー。

内心で呟《つぶや》いてから、永野鈴音《ながのすずね》は旧山手《やまて》通りの信号を渡った。

てっく、てっく、てっく。うちに帰ろう、素敵な家。あの人が待つ、あの家に。

歩いていると、つい自作の詞のフレーズを浮かべてしまうのは、かつてはキーボードで人気アーティストのサポートをし、自らも趣味で作詞・作曲をしていた鈴音のクセである。

代官山は、渋谷《しぶや》・中目黒・恵比寿《えびす》など、都内有数の繁華街に挟まれた小さな街だ。東横線《とうよこ》『代官山』駅の周辺は、カフェ、レストラン、ブティック、ヘアサロン……とにかくオシャレな店ばかり。ランドマーク的な複合ビル〝代官山アドレス〟をはじめ、高層ビルやマンションもそびえ立っている。

代官山の高層マンション。お金持ちしか住めないゴージャスなタワー。芸能人、どっかの社長、これから会う彼女が結婚した、エリート会社員……。

胸の奥にモヤモヤが立ち込めた。

中目黒で小さなサンドイッチカフェを経営する鈴音にとって、目黒川を隔てた隣にある代官山は、歩いて数分で行けるくらい近いのに、ワンクラス以上も上に感じる遠い街。見えない結界が張り巡らされているようなハイソサエティなエリアだ。

そんな代官山の高層マンションに、かつての仕事仲間が引っ越してきたのである。

そして、自分のカフェに一人でやってきた。

「偶然でうれしい」と彼女はほほ笑んだが、本当はどうだか分からない。仕事仲間つながりで、自分が店を立ち上げたことは知っていても不思議ではない。わざわざ当てつけにきたのかもしれない。代官山に越してきた、って。

などとネガティブな想像をしていた鈴音だが、どうしても彼女ともう一度会い、話をする必要が生じた。だから自分から誘ったのだ。代官山で食事をしようと。

てっく、てっく、てっく。店に行こう、素敵な店。あの人が待つ、あの店へ。

旧山手通り沿いを歩くと、敷地内にレストランを有する大型書店が現れた。その脇《わき》の路地裏を真っすぐに進んでいく。

やがて、ひと気がぐっと少なくなり、住宅地に入った。瀟洒《しょうしゃ》な家や中層マンションが建ち並んでいる。その一角にある三階建ての一軒家が、鈴音の目指す場所だ。

レトロモダンという形容が似合うレンガ造りの家。一階は、いかにも高級感のある洋服がガラス越しにディスプレイされたブティック。二階と三階は住居。そして、一階の横にある螺旋《らせん》階段を下りていくと、階段下のスペースにごく小さな庭が見え、花々が咲き乱れている。その奥にあるのは、ガラスの壁と木造りの扉。

扉に掲げられたプレートの『Trattoria 代官山』の金文字が、間接照明の光で輝いている。

鈴音は、このイタリアンレストランの常連だった。

二年ほど前、初めて友人に連れてこられたときは、高そうで上品そうで、自分には場違いな店だと思ったものだ。だが、味は格別で意外にもリーズナブル。しかも、カウンターのみなので店主やシェフと話すこともでき、居心地が素晴らしく良かった。

以来、一人でも行ける貴重なレストランになった。

今夜は、どんな料理を出してくれるのかな？

自然と頬《ほお》が緩む。

扉に手をかけようとしたら、自動ドアのように中から開いた。店主の大須薫《おおすかおる》が開けてくれたのだ。焦がしたニンニクとオリーブオイルの香りが、空腹感を誘う。

「いらっしゃいませ、鈴音さん。お待ちしておりました」

薫が穏やかにほほ笑む。

やっぱカッコいい人だな……。と鈴音は内心でつぶやく。

まるで彫刻のように整った顔。いつもやさし気だが、ときに鋭くなる眼差《まなざ》し。黙っていると畏怖《いふ》の念すら感じる引き締まった口元。歳《とし》は鈴音と同じく、三十代前半くらいだろうか。スーツ姿が似合うスラリとした体形で、初めは男性かと思ったくらい中性的な人だ。

「こんばんは。今日はここで待ち合わせをしてて……」

「もういらっしゃってますよ」

薫が身体《からだ》をずらしたため、カウンターの奥が視界に入ってきた。

入り口から一番奥の席にいた彼女が、こちらに小さく手を振った。開店したばかりなので、ほかに客はいない。

決して派手な服装や髪型、メイクではないのに。むしろシンプルで没個性なのに、そこにいるだけで華やかな空気感を醸し出す女。

朝倉綾乃《あさくらあやの》。鈴音より一つ上だったから、今は三十四歳のはずだ。なのに、髪の毛や肌《はだ》の艶《つや》のせいか、鈴音よりもずっと年下に見える。新婚だからなのか、幸せそうなオーラが全身から漂っている。

「ごめんなさい、待たせちゃったかな？」

急いで綾乃に歩み寄り、隣の席に座った。バッグを足元の大籠《おおかご》に入れる。先に入っていたのはハイブランドのバッグ。もちろん綾乃のものだ。

「早く来ちゃったから、先に飲んでた」

静かな声でそう言って、綾乃は左手で赤紫色のカクテルが入ったグラスを掲げて見せた。薬指につけた華奢《きやしや》なダイヤの指輪が、虹色の光を発する。少し伸ばした爪《つめ》には淡いピンク色のジェルネイル。

鈴音は思わず両の手で握りこぶしを作った。対する自分の、短く切り揃《そろ》えた何もつけていない爪を隠すためだ。

毎日サンドイッチを作り、友人のスタッフとカフェを切り盛りする自分の指には、ネイルもダイヤの指輪もふさわしくない。最近は忙しすぎて、メイクにもファッションにも関心が薄くなっている。

店が休みで綾乃に会う今日だけは、気合を入れてきたつもりだったけど、ネイルにまで気が回らずにいた。

「鈴音さん、お飲み物はどうしますか？」

いつの間にかカウンターの中にいた薫が、メニューを差し出してきた。

「あ、いつものでいいです」

と言って、わざと常連らしさを出す自分に微《かす》かな嫌悪感を覚える。

「承知しました」

柔らかくほほ笑んだ薫が奥に引っ込む。オープンキッチンで作業をしていたシェフが、「いらっしゃいませ」と鈴音に会釈をよこす。

「怜《れい》さん、今夜もよろしくお願いします」

「お任せください！」

元気よく答えるコックコート姿の安東《あんどう》怜。まだ二十代後半なのに、繊細な料理を生み出す人。朗らかで愛嬌《あいきょう》たっぷりの笑顔が、鈴音の心の結び目を緩めていく。

私の好みとは少し違うけど、イケメンではあるよね。あ、シェフを下の名前で呼ぶなんて、また常連ぶった言い方だったかな？　まあ、いっか。

雑念を消して横の綾乃に神経を注ぐ。

「綾乃さん、呼び出しちゃってごめん。来てくれてありがと」

「やだ、謝らないでよ。うち、ここのすぐそばだし。素敵なお店を教えてくれて、お礼を言いたいくらい」

手を動かした綾乃から、微かに香水が香った。瞬時に不快感と、彼女をこの店に呼んだことへの後悔が胸をよぎる。

食事をするときに香水をつける女の気持ちが、鈴音には理解できない。料理やお酒の香りだけを楽しめばいいのに、もったいないことをするなと本気で思う。

「鈴音ちゃん、席代わってくれる？」

「え？」

綾乃に突然言われ、戸惑った。

「この席、空調の近くだからちょっと寒くて」

彼女はノースリーブのワンピースから伸びた腕を、そっと抱えながら付け加えた。

断る理由もなく、言う通りに席を代わる。

「よろしければお使いください」と、薫がブランケットを綾乃に差し出す。自分が風上になったことで、鈴音は香水の香りから逃れることができた。

……思考を読まれているようで、なんだか気味が悪い。

ちらりと綾乃を見た鈴音だが、彼女はポーカーフェイスで「まだ引っ越してきて三か月だから、近所のお店、よく知らないの。そもそも外食なんてあまりできないし」と独《ひと》り言《ご》ちた。

「そうなの？　意外。旦那《だんな》さんといろんなとこに行ってるのかと思った」

「ムリよ。あの人いつも帰り遅いし、家でわたしの料理を食べるほうが好きみたいで。たまにはこんなお店に連れて来てもらいたいな」

　そのネイルを施した長い爪で料理を作るの？　と鈴音は訊《き》きたくなったが、曖昧《あいまい》に笑うだけにしておいた。

「ここのメニューって変わってるよね。お料理名がなくて素材だけ書いてある。加茂《かも》ナスとかフルーツトマトとか。しかも、コースが三つあるだけ」

　綾乃は皿の上にあったお品書きを手にしている。

　覗《のぞ》き込むと、こう書いてあった。

前菜：加茂ナス、フルーツトマト、ブッラータ
パスタ：サマートリュフ、グリーンアスパラガス、タヤリン
魚料理：獲《と》れたて鮮魚、アサリ、ヤリイカ
肉料理：雉《きじ》もも肉、ザクロ、壬生菜《みぶな》
デザート：柿《かき》、ピスタチオ

「いつもこうなんだ。この食材がどんな料理になって出てくるのか、待つのも楽しみで」

「なるほどね」

「基本的にうちのお料理は、シェフのお任せのみとなっています。A、B、Cのコースは、品数が変わるだけなんです」

鈴音のお気に入りの白ビールを運んできた薫が、グラスをカウンターに置いて解説を始めた。

「前菜、パスタ、魚料理、肉料理、デザートのフルコースがA。そこから肉料理だけ抜いたのがB、肉と魚料理を抜いてパスタをメインにしたのがC。お腹《なか》の空《す》き具合で選んでくださいね」

「えー、どうしよう。鈴音ちゃんはどれにする？」と綾乃が小首を傾《かし》げる。

「私はフルコース食べられそう。お腹ペコペコ」

いつもは財布の事情もあり、パスタがメインのCコースに留《とど》めるのだが、今夜は奮発するつもりでいた。

「じゃあ、Aね。わたしも鈴音ちゃんと同じにする。今日は食べちゃおっと」

「かしこまりました。苦手な食材などはございますか？」

「ないです」と綾乃が答え、鈴音も頷《うなず》く。

「そうだ綾乃さん、お料理に合わせるワインもお店のお任せにしていい？」

鈴音の問いかけに、綾乃は「もちろん」と即答。薫は再度「かしこまりました」とお辞儀をして、二人に背を向けた。

綾乃は昔からなんでも相手に合わせようとする人だった。それは今も変わらないようだ。穏やかでおしとやかな彼女は、かつての仕事仲間たち、特に男性から絶大な人気があった。勝気で自己主張が強い自分とは、あらゆる部分が対照的だ。見た目も性格も。

――同じだったのは、おそらく男の好みだけ。

と、鈴音は心中でつぶやく。

「ねえ、このスタッフドオリーブ、最高なんだけど」

綾乃が弾んだ声を出した。目の前に、黒オリーブにアンチョビペーストを詰めたスタッフドオリーブを、十粒ほど載せた皿が置いてある。すべてのオリーブに爪楊枝《つまようじ》状のものが刺さっている。

「これ、爪楊枝かと思ったら揚げたパスタだったの」

「そうだよ。ここの定番のお通し。美味《おい》しいよね」

「美味しい。お酒が進んじゃう」

綾乃が爪楊枝状の部分を手でつまみ、オリーブと共に口に入れた。ゆっくりと味わい、パリパリと音を立てて揚げパスタを嚥下《えんか》する。頬がほころんでいる。

鈴音も塩味の少ないジューシーなスタッフドオリーブと、プレッツェルのような食感の揚げパスタを堪能《たんのう》し、白ビールで喉《のど》を潤した。

「んー、たまんない」

目を閉じてつぶやく。胸が多幸感で一杯になる。

この瞬間だけは、日々の悩みが些末《さまつ》なものに思えてくる。

経営の苦労、立ち仕事での疲労、女一人暮らしの孤独。そして……。

隣に座る綾乃への、微かな嫌悪感と劣等感。

それらの黒い感情の粒たちが、美味しいという感覚で溶け、流されていく。

自然と、鈴音の声はやさしさを帯びた。

「まさか、綾乃さんが代官山に越してくるなんてねえ。しかも結婚して」

「意外だった？」

「昔からしっかり者で女らしかったから、引く手数多《あまた》だとは思ってた。でも、お相手が外資系のディーラーさんだったのがちょっと意外。どこで知り合ったの？」

「婚活パーティー」

婚活？ と声が大きくなる。さらりと言ってのけた綾乃が、カクテルをひと口飲んでから話を続けた。

「仕事するのが嫌になって、婚活したの。意外と早くご縁があってよかった」

「……仕事って、あれから何をしてたの？」

「小さな会社の事務。もう、退屈で死にそうだった。現場で駆けずり回ってた頃《ころ》が恋しくなったよ」

現場。それは、彼女が人気男性シンガーの現場マネージャーだったことを意味する。

「あれからもう五年か。懐かしいね」

綾乃が視線を遠くにやった。

「うん。時間が経《た》つのがすごく速い」

鈴音の視線も空を彷徨《さまよ》う。

実は、鈴音も綾乃も五年前に音楽業界から去り、転職していた。そのきっかけになった男の顔が、鈴音の脳裏に浮かぶ。

リョウ。彼はシンガーソングライターで、ギタリストだった。

アグレッシブなロックからメロウなバラードまで、幅広い層の支持を集めるポップス系シンガー。京都出身でアイドルにもなれそうな容姿だったため、デビュー当時は

〝古都のロックアイドル〟などと称すメディアもあった。

だが、その抜群の歌唱力と美声、普遍的な歌詞とメロディは万人を魅了し、テレビやラジオなどで垣間見《かいまみ》られる気さくな素顔とも相まって、一気にスターダムを駆け上っていった。

鈴音にとってリョウは、軽音楽サークルのOBでもあった。大学を卒業して小さな音楽事務所に入ったものの、仕事がなくてバイト生活を送っていた鈴音をサポート奏者に起用してくれたのは、サークルつながりの縁があったからだ。

一緒に音楽を奏でたおよそ四年間は、自分の人生で一番華やかで輝かしい月日だったと、鈴音は思っている。

「メニューに加茂ナスがあったじゃない？　実は、みんなで京都に行ったときのこと、思い出したんだ」

綾乃がまた、視線を遠くにやった。

「リョウの実家にお邪魔して、お母さんがお豆腐料理や鱧《はも》の天ぷらとか出してくれて。加茂ナスのお漬物が美味しかった。お酒飲んで次のアルバムのこと話し合って……。楽しかったな」

もちろん鈴音も覚えている。あれは丁度、今と同じくらいの季節。メンバーは鈴音とマネージャーだった綾乃、あとはプロデューサーやサポートメンバーの男性たちで、大原《おおはら》にあったリョウの実家に招かれたのだ。

三千院《さんぜんいん》で有名な大原。天狗《てんぐ》伝説が残る鞍馬《くらま》。川床《かわどこ》が風流な貴船《きぶね》――。

日中はリョウの案内で京都観光を楽しみ、夜は酒を酌み交わしながら散々話し合い、記念すべき十枚目のアルバムのプランを練った。

「……うん、楽しかったね。この時期になると、あの京都旅行を思い出すよ」

かつての仕事仲間と共有した、かけがえのない時間。

鈴音はその記憶が、綾乃とのあいだにあった透明な壁を、一気に壊してくれたような気がした。

「いらっしゃいませ」

薫が二組目の客を迎え入れた。若い男女六人組。カウンターの中央に座った彼らのおしゃべりで、店内が一気に賑《にぎ》わう。続いて、壮年の男性とその娘くらいの年齢の女性が来店し、入り口に一番近いカウンターの隅に座った。鈴音たちの対面の席だ。ガヤガヤと話し声が響き、さらに賑やかさが増していく。

鈴音たちはほぼ無言でオリーブに舌鼓を打ち、食前酒を飲み干した。

ほどなく、焼きたてのフォカッチャと前菜の皿、発泡酒のグラスが二人の前に置かれた。ほのかな湯気を立てるフォカッチャの香ばしさが、食欲を刺激する。

前菜の白い皿には、薄くスライスされたナスとトマトが美しく円状に並び、中央に白くてツルンとした丸いものがある。卵よりもずっと大きい茶巾《ちゃきん》状の塊だ。

「本日の前菜、〝加茂ナスとフルーツトマトのマリネ、ブッラータ添え〟です」

「ブッラータってなんだっけ？」と首を捻《ひね》った鈴音に、薫が「フレッシュチーズの一種です」と答える。

「簡単にご説明すると、クリームをモッツァレラで包んだフレッシュチーズ。こちらはクリームにマスカルポーネも加えた、当店オリジナルのブッラータです」

「へえ、これがブッラータ。知ってたけど食べたことなかった」

綾乃がうれしそうにつぶやく。鈴音の心は飛び跳ねている。チーズ大好き！　と叫びたいくらいに。

「マリネは、京都から今朝届いた加茂ナスとフルーツトマト。新鮮なオリーブオイルとビネガーでマリネして、赤コショウと岩塩で味付けしました。そのままでも、チーズと一緒でも、お好きなように食べてくださいね」

「いただきます！」

堪《こら》えきれずに鈴音がカトラリーを手に取る。

まずはそのままでナスを食べてみた。マイルドな酸味と、まるで果物のようなナスの甘み、赤コショウのまろやかな辛みが舌の上でハーモニーを奏でる。

「美味しい……」

ため息をついてから、発泡酒を飲む。薫が選んでくれたのは、イタリア・プーリア産のスプマンテ。軽い爽《さわ》やかな飲み口が、食欲を増加させる。

次に、絹ごし豆腐のようにやわらかく、いかにも瑞々《みずみず》しいブッラータの表面を切ると、中から濃厚なクリームがトロリと流れ出た。

「うわ、すごい！」

その様子を見ているだけで、舌が唾液《だえき》で濡《ぬ》れてくる。

まずはひと口。

超クリーミー。濃縮されたミルクの香りが感覚を支配する。

臭みなど一切なく、マイルド。極めて柔らかいレアチーズケーキに、甘味ではなく僅《わず》かな塩味を加えたかのようである。いくらでも食べられそうだ。野菜のマリネとの相性も抜群。カトラリーを動かす手が止められない。

温かいフォカッチャを千切って、チーズを絡めて口に運ぶ。

──ああ、幸せ……。

「お味、どうですか？」

調理の手を止めた怜が、カウンターの中から尋ねてきた。

「怜さん、最高。美味しすぎる！」

「よかった」と目の脇にシワを作り、素早く調理に戻る。

カウンター越しに忙しく身体を動かす、ちょっとかわいいイケメン。それをチラ見しながら味わう美味しい酒と料理。これぞ至福である。

「スプマンテも美味しい。すごい店だね」

綾乃に言われて「そうでしょー」と相槌《あいづち》を打つ。

本当は秘密にしておきたかった、鈴音のお気に入り店。そこに綾乃を連れてきたのは、どうしても彼女に訊きたいことがあったからだ。口を軽くさせる手っ取り早い手段が、飛び切りの美酒と美食だと思ったから。

しかし、鈴音は今、自分の思惑など忘れそうになっていた。

トラットリア代官山のコース料理が、あまりにも美味だったからだ。

メニューに〝サマートリュフ、グリーンアスパラガス、タヤリン〟と明記されていたパスタ料理は、卵黄のみで練った手切りパスタ〝タヤリン〟を茹《ゆ》でて、オリーブオイルとバターで和《あ》え、その上にサマートリュフとパルミジャーノチーズをたっぷり載せた逸品。鮮やかな緑のアスパラガスが、シンプルな料理のアクセントとなっている。

薫がパスタの上にすり下ろしてくれたサマートリュフは、皮の色こそ黒いが黒トリュフほどの強い香りではなく、コクのあるタヤリンの味を潰《つぶ》さずに引き立てる。同じく薫がすり下ろしたパルミジャーノチーズが、縮れ気味の黄色い麺《めん》にまとわりつき、トリュフと共に食した瞬間の感動は格別だった。

その後に登場したのは、大きなカサゴを一匹丸ごと使った〝鮮魚のアクアパッツア〟。白身魚や貝類をオリーブオイルと水で蒸し煮にした、シンプルで、だからこそ素材の鮮度が大事になる料理だ。なんと主役のカサゴは、今朝、小田原《おだわら》の海で釣り師がとった鮮魚らしい。

「アクアパッツアは元々、南イタリアの漁師が作っていた郷土料理。〝暴れる水〟という意味があって、船の揺れで鍋《なべ》の中が激しく揺れるから、そんなネーミングになったそうですよ。今回は、新鮮なカサゴとアサリ、ヤリイカをたっぷり使いました」

そんな薫の説明も食事を楽しませてくれる。

パスタと魚料理に合わせたのは、シチリア産の辛口白ワイン。これまた料理を引き立てる味で、辛口なのに水のごとく飲めてしまった。

そしてメイン料理が、炭火で焼いた〝雉も肉のタリアータ〟。このタリアータとは、焼いた肉を薄くカットしたイタリア料理だ。ザクロを使ったフルーティーなソースが、淡白な雉肉を滋味深く美味なひと皿に昇華させている。この雉も、契約猟師から届いたものだというのだから驚きだ。壬生菜のサラダも新鮮そのもので、鮮度への強いこだわりが伝わってくる。

それに合わせたトスカーナ産の赤ワインは、果実味が強くて熟成香が少なく、至福の時間を彩っている。

どの料理も素晴らしい。特に、初めて食べたブッラータは特筆ものだった。うちでも取り入れてみたいな。たとえば、ブッラータとフルーツトマトのサンドイッチ。あぁでも、原価が高すぎて無理か……。

瞬時に断念した鈴音の視界を、薫が横切った。

カウンターの中でテキパキと給仕をする薫。その奥でせっせと調理をする怜。鈴音から見ると容姿も背丈もお似合いの二人で、初めは夫婦かと思ったのだが、そうではないらしい。姉と弟でもなければ、親戚《しんせき》でもない。でも……。

単なる雇い主と料理人、ではない気配がする。なんとなくのカンに過ぎないのだが。

まあ、どんな関係でもいいや。末永くこの店が続きますように。

そう願いつつ、鈴音はメインをキレイに平らげた。

「……最高だったねえ」

何度目かの感嘆の声を出した綾乃が、デザートの〝ピスタチオ入り柿のジェラート〟を食べ終えた。

「でしょ。美味しいし胃にもたれないし、日替わりでメニューが変わるから、通っちゃいたくなるんだよね」

などと答えながら、鈴音は考えていた。

——さて、どうやって話を切り出そうかな。

鈴音がエスプレッソのカップを持ち上げ、さり気なく話しかけようとしたら、綾乃が唐突に言った。

「——リョウ、でしょ？」

「え？」

頭の中を読み取られたのか？　と動揺した鈴音を、彼女が鋭く見つめる。

「今夜の趣旨。ここにわたしを呼んだの、リョウのことと関係あるんでしょ?」

不意打ち。言葉に詰まった鈴音は目を泳がせる。

「だって鈴音ちゃん、ぜんぜんリョウのこと話題にしないんだもん。逆に不自然だった。だから、本当は彼のことでなんか話したいけど、タイミングを計ってるのかなって思ってたんだ」

そして、綾乃は薄く笑いながら言った。

「話せることなら話すよ。もう五年も経ったんだもの。あの人が死んでから」

リョウは五年前、彼が三十歳のときに交通事故で亡くなった。

夜中の山道で、運転していた車ごと崖《がけ》から落ちたのだ。

原因は自身の運転ミス、と報道されたが、あの頃は独立問題で事務所と揉《も》めていたこともあり、自殺疑惑、薬物摂取疑惑、仕組まれた事故など、いろんな噂《うわさ》がささやかれていた。

しかし、リョウの近くにいた鈴音は、それらが憶測にすぎないと知っていた。

あれは不幸な事故だったと、今も信じている。

「実はね、連絡があったの。レコード会社の園田《そのだ》さん。リョウの宣伝担当だった人。

年末にリリースする没後五年のトリビュートアルバムに、どうしても入れたいリョウの曲があるって。綾乃さんも知ってるよね、『ホーム』って幻の歌」

綾乃が黙って頷く。

それは、生前最後のレコーディング。京都でプランを練った十枚目のアルバム制作中に、リョウが「昨日できたんだ」とギターで弾き語りをしていた歌。

子ども向けの番組で使用されるかもしれないと、うれしそうに話していた彼の笑顔を、今も鮮明に覚えている。

しかし、その直後に事故で逝ってしまったため、その曲の音源は存在しない。

ただ、レコーディングの様子を撮影したメイキング映像には、弾き語りをしているリョウの姿と共に、歌声が収録されているはずだった。

ビデオカメラを回していたのは、現場マネージャーだった綾乃だ。

「あのとき彼が歌ってたのが、『ホーム』の唯一の音源。そのメイキング映像を、特典としてアルバムに入れたいんだって。だけど、どこを探しても映像が残ってない。で、綾乃さんに連絡を取ったら、『自分も知らない』って言われたって……」

「うん。園田さんにそう答えたよ」

即答した綾乃は、相変わらずのポーカーフェイスだ。

鈴音は再び口を開く。

「私も園田さんから訊かれた。メイキング映像のコピーを持ってないかって。持ってないって言ったら、すごく残念そうだった」

「そっか」

それで？　と言わんばかりに綾乃が首を傾げる。

鈴音はしかと彼女を見据えた。

「綾乃さん、本当に何も知らないの？」

「……何が言いたいの？」

綾乃も鈴音を直視する。

鈴音はどうしても面と向かってしたかった質問を、彼女にぶつけた。

「メモリーカード、持ってたよね？」

「……メモリーカード？」

一瞬、綾乃の視点が泳ぎ、瞬《まばた》きが増えた。

——この人、とぼけてる。

直感がそう告げていた。

憤怒《ふんぬ》にかられた鈴音は、ややきつい声音を発した。

「持ってたじゃん。〝九月十九日・アルバムレコーディング・メイキング〟ってラベルが貼《は》られたやつ。私、それのコピーがほしいって、綾乃さんに頼んだことあるよ。レコーディングスタジオの待合室で。覚えてるでしょ？」

するとと綾乃は何かを思い出したかのように、ああ、とつぶやいた。

忘れてた振り。白々しい！

内心で叫びつつも、鈴音は平常心を保って話を続ける。

「でも、そのあとあんな事故が起きたから、コピーの件はうやむやになっちゃった」

人気シンガーの事故死で世間は騒然となり、リョウという船長がいなくなった船は、マスコミ取材やファンの慟哭《どうこく》で荒れまくる嵐《あらし》の海に放《ほう》り出された。乗組員だった鈴音たちも揉みくちゃにされ、鈴音はキーボードの職を失った。

綾乃もマネージャー業を辞め、連絡を取り合うこともなくなった。そのため鈴音は、メイキング映像のコピーのことなど、とうに諦《あきら》めていた。

「本当は持ってるんでしょ、リョウの映像。なのに、なんで知らないって嘘《うそ》ついたの？」

なんで私にコピーをくれなかったの？　と、鈴音は内心で付け加える。

私だって、手元に残しておきたかったのに。

彼が弾き語りをした、最後の歌声を。

しかも、自分にとってあれは、〝単なるリョウが作って歌った曲〟ではないのだ……。


少しの間があって、綾乃が答えた。

「ナイショ」

茶化したような言い方をされ、全身の血が沸騰した気がした。

口から出たのは、鈴音自身も驚くほど低く、凄《すご》みの利いた声だった。

「ふざけんなよ」

少し声が大きかったかもしれない。店の中にいる人々の視線を感じる。それでも鈴音は、綾乃だけを睨《にら》み続ける。

「なんでもったいつけんの？　何様のつもり？　人をからかうのがそんなに楽しい？」

言いながら両手を握りしめる。爪の食い込んだ手の平が痛む。

その瞬間、綾乃がひどく真剣な顔をした。

「楽しくなんてない。でも鈴音ちゃんだって、わたしに嘘、ついてたでしょ？」

渾身《こんしん》の剛球を、そのままの勢いで返されたかのようで、鈴音は息を止めた。

「わたしと鈴音ちゃんって、嘘つき同士、なんじゃないかな」

真っすぐな綾乃の目に吸い込まれてしまいそうで、思わず下を向く。

……まさか、あの秘密が綾乃にバレてる？

鈴音の血の気が引いていく。ワインの心地よい酔いも、極上の食事で得た高揚感も、とっくに醒《さ》めていた。

すると、いたって冷静な綾乃の声が、衝撃と共に耳に入ってきた。

「このあいださ、芸能記者が来たんだ。リョウの疑惑について」

ビクリ、と鈴音の肩が動く。

「……リョウの疑惑？」

「ゴースト疑惑」と、綾乃はさらりと言った。

「生前から噂あったよね。別の人がリョウの名義で曲を作ってるんじゃないかって。トリビュートアルバムで再注目されるから、このタイミングで蒸し返すつもりなのかもね。ほかに追うべき事件、いくらでもあるだろうにねえ」

やれやれ、と言った感じの表情をしてから、綾乃は再び鈴音の目を覗き込む。

「……鈴音ちゃん、何か知ってるんじゃないの？」

魔女のような千里眼。なんだか恐ろしい。何も答えられない。

鈴音はすでに、自分よりも遥《はる》かに上手《うわて》だった綾乃を呼んでしまったことを、心の底から後悔していた。

「――なんてこと、わたしは訊かないよ。人が胸の奥に抱えてること、ほじくり返すような悪い趣味はないから」

嫌味も上手。鈴音の完敗である。

「あの映像が入ったカードは、本当に失《な》くしちゃったの。引っ越しのときに。コピー、渡せなくてごめんね」

一拍置いてから、綾乃がゆっくりと言った。

「あなたも嘘つき。わたしも嘘つき。お互い様だよね」

立ち上がった綾乃が素早く身支度をし、財布からお札を抜いてテーブルに置く。

「先に帰るね。いいお店を教えてくれてありがと」

茫然《ぼうぜん》とする鈴音には、入り口扉に早足で進む綾乃を、止める術《すべ》が思いつかなかった。

「悔しい……」

ポツリと言葉がこぼれた。最後まで二の句が出てこなかった自分が情けない。

だけど、どうすることもできない……。

「鈴音さん、なにかお飲みになります？」

カウンター内からやさしく声をかけてくれたのは、店主の薫だった。

内心の暗雲を隠し、明るく答える。

「はい。すっかり醒めちゃいました」

「じゃあ、甘いデザートワインでもいかがですか？」

「いただきたいです」

軽く笑んでから、薫が大きなワイングラスに琥珀《こはく》の液体を注ぐ。

白くて大きな手が美しい。

「シチリア産のマルサラです。デザートのティラミスにも使う、アルコール度数の高い酒精強化ワイン。ゆっくり味わってくださいね」

受け取って香りを吸い込む。干しブドウやハチミツを想起させる風味が、鼻孔《びこう》を刺激する。ひと口飲むと、熟成度の濃さからくる濃密な甘みが、舌の上にふわりと広がった。

「美味しい。あー、生き返った。身体が軽く感じる」

言葉にした途端、本当にそう思えた。

「私も酒精強化ワインが大好きなんです。マルサラ、美味しいですよね。あと、ポルトガルのマディラ酒とか、スペインのシェリー酒とか」

「薫さんは何が一番お好きなんですか？」

「んー、一番はシェリーかな。熟成度の長いミディアムが好きですね」

「ミディアム？」

「シェリーって超辛口から超甘口まであるんですけど、その中間に位置するのがミディアムなんです。辛さの中にほんのりとした甘味があって、すごく飲みやすい。クセが少ないからいろんなお料理に合いますし、食後酒としてもオススメです」

「へえ。ここでも飲めるんですか？」

「今夜は切らしているんですけど、また仕入れる予定です。うちはイタリアだけじゃなくて各国のお酒をご用意してるので、機会があったらミディアムも飲んでみてくださいね」

「ぜひ飲んでみたいです」

マルサラの酔いで浮遊感がしてきた鈴音の前に、シェフの怜が指先の長い手で白い皿を置いた。中身は、オレンジ色の小粒なチーズが数個と、枝付きの干しブドウ。

「ミモレットチーズとドライフルーツ。マルサラのお供にどうぞ」

「わあ、ありがとうございます」

二人のあたたかいサービスが、肩の強張《こわば》りをほぐしてくれる。

綾乃の件は一旦《いったん》忘れる努力をして、店内を見渡した。

男女六人組の客はすでに帰り、残っていたのは対面のカウンターに座る壮年の男性と、その娘くらいの女性だけだった。

「さっきお出ししたカサゴ、あちらのお客様が小田原で釣ってきてくれたんですよ」

薫に説明され、「そうなんですか！」と男性を見る。

仕立てのしっかりしたブルーのジャケットに、Tシャツとジーンズ。細身で日焼けした顔に白い歯が爽やかで、ダンディ、という言葉が浮かんでくる男性だ。

「この上でブティックを経営してる工藤徹《くどうとおる》さん。お隣は、お嬢さんのルカさん」

紹介を受けた工藤がウィンクを、ルカが会釈をよこした。ルカはセミロングでややポッチャリとしたOL風の女性だ。

「カサゴ、美味しかったです。ありがとうございました」

席についたまま声を上げると、「でしょー。俺が認めた魚だからね。外れっこなしよ」と、工藤が朗らかに言った。いかにも人の良さそうな顔つきである。

「お嬢さん、お名前は？」と工藤が大声で話しかけてきた。

「あ、永野鈴音です。中目黒でお店やってます」

「ほほう、同業者ですな。よろしければ、こちらでご一緒に……」

「お父さん、飲みすぎ。そろそろ行くよ」

ルカに腕を摑《つか》まれ、工藤が「いいじゃないか」と顔をしかめる。

「ダメだよ。これからお隣の重《しげる》さん、うちに来るんでしょ。町内会の打ち合わせ」

「あれ、そうだっけ？」

「もー、だから飲みすぎだって言ってんの。帰るよ」

「なんだよ、どんどん母さんに似てくるな」と、工藤がしぶしぶ立ち上がる。

「ごめんなさい、うちの父、すぐ女性に声をかけちゃうんです。気にしないでくださいね」

謝るルカに苦笑を返す。

「おい、人をスケベ親父《おやじ》扱いすんじゃないよ」

「だって本当じゃん。このあいだも若い女とデートしてたでしょ。再婚なんて絶対にやめてよ。後妻業《ごさいぎょう》かもしれないんだから」

「なんだと。この俺が詐欺に引っ掛かるわけないだろ」

「はいはい、モテモテ父さん。今日は帰るよ」

まだ飲み足りなさそうな工藤を引きずるように、ルカは扉から出ていった。

「楽しそうなかたたち。常連さんですよね？」

急に静かになったカウンターで、鈴音は薫に問いかけた。

「ええ。ルカちゃんはたまにですけど、工藤さんはほぼ毎日来てますね。だから、工藤さん用の席はいつも空けてあるんです。釣りが趣味なので、いい魚が釣れると持ってきてくれるんですよ」

「へー。そういうのって、いいですねえ」

「ありがたいです」

深く頷いた薫が、グラスを磨き始めた。怜はキッチンで腕を動かしている。ズンドウ鍋から立つ湯気が視界に入り、鈴音を和やかな気分にさせる。

「あー、気分転換になった。さっきまで私、悔しくて泣きそうだったんです」

薫が穏やかな笑みを浮かべて鈴音を見た。包み込むようなやさしい笑顔。

ふいに何もかも打ち明けて、楽になりたくなった。

「薫さん、ちょっと聞いてもらっていいですか？」

「もちろん。二回転目のお客様がいらっしゃるまで、まだ時間はありますから」と答えた薫に、鈴音は胸の内を明かすことにした。

キーボードのサポートメンバーとして、リョウと苦楽を共にしてきた鈴音。

実は、リョウに憧《あこが》れていた。いや、はっきりと恋心を抱いていた。

一度だけ、男女の関係になりかけたことがある。ライブの打ち上げの帰り道、上がりっぱなしのテンションのまま、二人でラブホテルに入ったのだ。

彼は少し乱暴だったけど、いつもはギターをつま弾く指が初めて自分の肌を這《は》った瞬間、痺《しび》れるような心地よさで全身が震えた。まるで、楽園の夢を見ているような快感だった。

しかし、途中で背中を向けられた。

「やっぱ、仕事仲間とは無理」と、リョウは醒めた声で言った。

ひどい……。

脱がされかけた服を戻しながら、鈴音は密《ひそ》かに涙ぐんでいた。

だが、ここで関係を持ってしまったら、仲間としてフランクに見てもらえなくなるかもしれないと、自分で自分を慰めた。リョウの仲間、というポジションだけは、絶対に失いたくなかった。

そんな中、綾乃が現場マネージャーとしてやってきたのだ。

すぐにみんなのマドンナ的存在になった綾乃。地味でガサツな自分とは対照的な、眩《まぶ》しいくらい美しい女。

ある日、鈴音は目撃してしまう。

綾乃がリョウのマンションから、彼のTシャツを着て出てきた瞬間を。

その日から鈴音の中に、リョウと綾乃に対する黒い疑念が芽生えたのだった。

マネージャーだから、マンションに行くこと自体は不自然ではない。だが、彼のTシャツを着ていたのは、どう考えても不自然だ。

あの二人は、男女の関係になっているのかもしれない。

私には「仕事仲間とは無理」と言ったのに……。


「――だけど、確定的な証拠じゃないですよね。綾乃さんが何かをこぼして、彼にTシャツを借りただけかも。そんな風に思うことで、なんとか心の折り合いをつけてたんです。でも、あの人、私に嘘ついたんですよ。本当はメモリーカードを独り占めしてるんです。もしかしたら、あの映像で一儲《ひともう》けしようと企《たくら》んでるのかもしれない」

また悔しさが押し寄せ、鈴音は口元を歪《ゆが》めた。

「……あ、わかった。リリースしてない楽曲に著作権はないから、誰かに提供するつもりなのかも。自分が作ったって嘘ついて。あの人、音楽業界にコネクションがあるから、やろうと思えばできるはずなんですよ」

薫は困ったような顔で鈴音を見ている。

こんなくだらない話を聞かせて悪いな、と思いつつも、酔いが回ってきた鈴音のおしゃべりは、どうにも止まらない。

「仕事もしないで、代官山のマンションでぬくぬく暮らしてるくせに。旦那の稼ぎで。あーもう、世の中不公平すぎる！」

「ホントそうですよね」と、怜が会話に入ってきた。薫は鈴音に会釈をしてからトイレに向かい、ドアの中に入っていった。

「人間って、生まれたときから個人差がありますもんね。HPもMPも」

「HP？」

「RPGとかのパラメーターです。ヒットポイントとマジックパワー。フィジカルな力も精神的な強さも、初めから差がありすぎですよ。あと、財力とかコネ力とか」

「そうそう、その通り！　怜さん、わかってる」

怜のノリの良さに、鈴音の気持ちが浮かれ出す。

「自分もパラメーター、低めでしたから」

「私も！　父親はしがないサラリーマン、母親はパート。めっちゃ平均的な庶民」

「お生まれはどちらで？」

「埼玉《さいたま》の草加《そうか》。怜さんは京都生まれなんですよね。京都のどこなんですか？」

つい質問したくなった鈴音に、彼は「祇園《ぎおん》です」と答えた。

「わあ、祇園！　もしかして、実家がお茶屋さんだったりして」

「そう、でした」

「え？　そうなんですか？　やだ、パラメーター低くないじゃないですか」

「いや……」

ちょっと口ごもったあと、彼は極めて明るく言った。

「生まれてすぐ、店は潰れて一家離散。今は天涯孤独な感じです」

ニッコリと笑って右の親指を突き立てる。

「あ、ああ、その……」

なんと言ったらいいのか分からず、鈴音が口ごもると、戻って来た薫が「怜」と彼を軽く睨んだ。

「余計なおしゃべりはしないの」

「失礼しました」

軽くお辞儀をしてから、怜がその場を離れる。おそらく彼は、わざとピエロを演じて、憤慨していた客をなだめてくれたのだろう。

鈴音はうつむいて考え込んだ。

自分の親は二人とも元気だ。帰る実家もある。

世の中、不公平。

それを自分以上に痛感しているのは、怜さんなのかもしれない……。

「あの、鈴音さん」

薫の声で我に返る。

「はい」

「お連れの綾乃さん、忘れ物をされたかもしれないんです」

彼女は、ブックカバーのされた本を手にしていた。

「これ、女性用のトイレに落ちてて。最後に入ったのは綾乃さんなんですよ。もしかしたら、お子さんの本かもしれません」

それは、書店のカバーがされた幼児用のドリルだった。中をめくると、使用した跡がある。

子ども？　え？　子ども？

「……まさかっ」

思わず声を張り上げた。

綾乃は三か月前、エリート会社員と結婚したばかり。でも、その子はドリルが解けるくらいの幼児。たとえば、五歳くらい？

だとしたら、その子の父親は……。

「リョウの子ども……？」

鈴音は目を皿にしてドリルの書き込みを見た。リョウの字と似ているのではないかと、たかが字なのに彼の面影を探す自分が情けない。

「すみません、別のお客様の本かもしれませんよね。ご本人に確認してみないと」

ややあわてたように薫が言った。怜が素早く歩み寄り、「鈴音さんに連絡してもらったほうがいいかもですね」と提案する。

鈴音は速攻で首を横に振った。

綾乃とは、もう二度と話したくない。

「預かっててください。忘れ物に気づいたら、本人が取りにくるでしょうから」

「承知しました」

お辞儀をしてから、薫は入り口扉に向かった。「いらっしゃいませ」と客を迎える。二回転目の予約客が入ってきたのだ。

「怜さん、お会計お願いします」

「はい、いつもありがとうございます」

すでに準備されていた伝票を渡され、現金で支払う。すぐに薫が釣銭を持ってやってきた。

「ご馳走《ちそう》さまでした。今夜も本当に美味しかったです。無駄話しちゃってすみません」

「いえいえ。ありがとうございました。また来てくださいね」

薫に丁寧に送り出され、鈴音はトラットリア代官山をあとにした。

代官山の駅から東横線に乗り、五駅だけ人ごみに揺られて自由が丘《じゆうおか》駅で降りる。駅から徒歩十五分の住宅街。古びた三階建てのマンション。ひび割れたコンクリートの階段をあがり、ペンキの剝《は》げたドアを開ける。

「ただいま」

と声を出しても、返ってくる声などない。

散らかったワンルーム。鈴音はバッグをベッドに放り投げ、仰向けに横たわった。

目線の先に、埃《ほこり》まみれのキーボードが置いてある。リョウがこの世を去ってから、一度も触れていない。

枕《まくら》もとのリモコンを操作して、ステレオの電源をつける。リョウの声が流れてきたので、急いで別のアルバムに替えた。こんなときは、ヨーロッパのアッパーなダンスミュージックがいい。今は、リョウの歌など聴きたくない。

――鈴音はリョウの、ゴーストライターだった。

スランプになった彼の代わりに、後期の彼の作詞・作曲をしていたのだ。

以前から、作り溜《た》めていた曲をリョウに見てもらっていた。アドバイスをもらい、せっせと直し、いつかプロの作曲家になれたら、などと夢見ていた。

「あのさ、ちょっと相談があって……」と苦し気な表情で言われたのは、ラブホテルで二人が未遂に終わった直後だった。

「鈴音の曲を、俺にくれないか。助けてほしい。お前しかいないんだ」

そう懇願されたときは、複雑な想《おも》いで胸がざわついた。

リョウに作曲能力を認められたのは、飛び上がるほどうれしい。

でも、彼のゴーストとして曲を差し出すのは、身を切られるほど辛《つら》い。

しかも、場所はラブホテル。こんなところで、あんなことがあったあとに……と考えると、かなり屈辱的でもあった。

しかし、鈴音は申し出を引き受けた。

断ったら、リョウの仲間ではいられなくなるかもしれない。

承諾したら、もっとリョウと近くなれる。

彼と近くなれば、いろんなチャンスが生まれるだろう。無名の自分では、ネットなどで曲を発表したところで、世に広がる可能性は限りなく低い。

何よりも、仲間としてリョウに求められる快楽にはあらがえなかった。

女としては求められなくても……。

口外厳禁の約束を交わして、リョウから与えられた多額の謝礼金。そのお陰で彼の没後、中目黒にカフェをオープンすることができたのだ。

皮肉なことに、鈴音がゴーストになってからリョウはさらに売れた。曲調が洗練されたと評判になっていった。

彼の支えになれるのはうれしかったが、常に納得しきれない何かも抱えていた。

そんな中、綾乃がリョウのマンションから出てくる姿を、目撃してしまったのだ。

ねえ、綾乃さん。本当はリョウと関係があったんでしょ?

あ、やっぱりそうだったんだ。私も秘密にしてたこと、告白するね。

彼が最後に歌った幻の曲、実は私が作ったんだ。ずっとゴーストだったの。

これ、絶対に秘密ね。

あの『ホーム』って曲は、「子どもでも歌えるような曲を」ってリョウに頼まれて作ったんだよ。

――てっく、てっく、てっく、てっく。うちに帰ろう、素敵な家。あの人が待つ、あの家に。

かわいい曲だったでしょ。

でも、リョウが歌ってくれたのは、あのレコーディングの弾き語りが最初で最後。

だから、どうしても映像のコピーがほしいの。

もちろん、思い出にするだけ。

本当はメモリーカード、持ってるんでしょ？

綾乃さんも彼の思い出として持ってたから、それが世に出て広まっちゃうと、大切な思い出が薄まる気がして。だから、知らない、なんて言っちゃったんじゃない？

わかるよ、その気持ち。

え？　すぐに映像をコピーしてくれる？

うれしい。ありがとう。

綾乃さん、私にだけは本当のこと言ってくれると思ってた――。

そんな展開を期待していた。

お互いに打ち明け話をして悼みを分かち合えたら、気持ちが晴れるかもしれない。

彼が自分の曲を歌った最後の映像を、入手できるかもしれない。

そう考えていたから、わざわざ食事をセッティングしたのに……。

――ナイショ。

――あなたも嘘つき。わたしも嘘つき。お互い様だよね。

「あの女、ふざけんなよっ！」

思わず枕を壁に投げつけた。

古びた小さな部屋。毎日足がパンパンになるまで働く自分。正直、経営は思わしくない。恋人もずっといないままだ。

対する綾乃は、代官山の高級マンションでエリート夫と暮らしている。身なりも洗練されていた。しかも、リョウとの子どもがいるかもしれない……。

「あぁーーームカつく！　ムカつく！　ムカつく！」

髪を振り乱して首を振り続ける。

——復讐《ふくしゅう》、してやんなよ。

ふと、悪魔のささやきが聞こえ、鈴音の動きがピタリと止まった。

あんた、本当はゴーストが辛かったんだよね。
でも、リョウと口外しないって約束したし、お金ももらっちゃった。
今までずっと、罪悪感や虚無感を引きずってたんだ。
だから、もう音楽は二度とやらないって決めたんでしょ？
でもさ、よーく考えてごらんなよ。
リョウはもう、この世にいないんだよ。
約束した主がいないんだから、約束なんて反故《ほご》にすればいいんだ。
ホントは私が作ってました、ゴーストでしたって、大声を出せばいいんだよ。

彼とのメールのやり取りが、ゴーストの証拠になるじゃない。リョウのことなんて、ファン以外は忘れてる。トリビュートアルバムが出るタイミングだから、芸能記者が嗅《か》ぎまわってるだけ。

この機を逃したら、もう二度と声を上げるチャンスなんて来ないよ。

なんなら、元マネージャーとの隠し子疑惑も暴露すればいい。

あんたを利用した、リョウへの復讐。

あんたを見下した、綾乃への復讐。

それに――。

もしかしたら、それがきっかけになって、プロの作曲家になれるかもよ……。

「あーーーもう、うるさい！」

両手で両耳を押さえ、鈴音は内なる悪魔の声を止めた。

何もかもが面倒になり、そのまま朝までベッドに横たわって、音楽を聴き続けた。

翌日。中目黒のサンドイッチカフェ。

鈴音はピンクのエプロン姿で一階のレジカウンターに立ち、客に愛想を振りまいていた。

「お持ち帰りですね。少々お待ちください」

ガラスケースにズラリと並んだ手作りサンドイッチの中から、〝アボカドとツナ〟〝イチゴと生クリーム〟を取り出して包装する。

「――ありがとうございました」

オープン当時から手伝ってくれている学生時代の女友だちが、厨房で追加のサンドイッチを作っている。調理師の免許を持っている彼女がいたから、カフェを立ち上げることができたのだ。今では大事な相方だ。

鈴音がゴーストで得たお金は、ほぼこの店に費やしていた。

四十平米ほどの小さな店。二階がセルフサービスの飲食スペースになっていて、本棚には鈴音と相方が選んだ書物が並んでいる。好きに読んでもらうためだ。

美味しくて居心地がいいカフェ、とメディアで何度か紹介され、リピーターが増えたため、どうにかやってこられた。自分の食事はいつも、店の残り物。飲みに行くことだってほとんどない。トラットリア代官山に行けるのは、月に一度くらい。

それでも充足感はあった。なにしろ、ここは自分が築いた城なのだから。

ただ、ここ最近、売り上げは下降気味だ。どうすれば上向きになるのか、皆目見当がつかない。近所の個人店も、何軒かがつぶれている。

もし、ここが立ち行かなくなってしまったら……。

そう考えると、真っ黒な絶望感が押し寄せてくる。

――浮き沈みはあるんだから、気にしちゃだめ。

自分に言い聞かせたところで、紺色のキャップを被《かぶ》り、メガネをかけた男性客が入ってきた。

「いらっしゃいませ」

真っすぐレジに歩み寄った男が、「カフェオレください」と高めの声で注文し、小銭を釣銭用のトレイに置く。

「はい。店内でお召し上がりですか？」

「持ち帰ります」

「少々お待ちください」

飲み物を用意して手渡したら、男が「永野鈴音さん、ですよね？」と言った。

「あ、はい……」

ごくたまにリョウのファンから声をかけられるので、鈴音にとって名前を呼ばれるのは、決して特別なことではなかった。

だが、男はポケットから名刺を取り出し、顔を寄せてきた。

「週刊パープルの記者で、金木《かねき》と申します」

ドキン、と胸が鳴った。

――来た。

「お仕事中にすみません。歌手のリョウさんのことで、伺いたいことがありまして。ほんの少しで構いませんので、お時間をいただけませんか？」

「……困ります」

と言いながらも、また悪魔のささやきが聞こえた。

チャンス到来！

これを逃したらダメ。全部話しちゃいなよ！

「本当はお電話するのが筋なんでしょうけど、直接お話を聞いたほうが早いと思いまして。リョウさんのゴースト疑惑について、何かご存じありませんか？」

「……知りません」

「皆さん、最初はそうおっしゃるんですよ。プロデューサーさんも、最初はそうだった。でも、いろいろ話してくれましたよ。元マネージャーさんも」

「マネージャー？」

それって綾乃のこと？

つい反応してしまった鈴音を、金木が狡猾《こうかつ》そうな目で見る。

「皆さんが何を話してくれたのか、ゆっくりお伝えします。お仕事終わりでいかがですか？　それまでお待ちしますんで」

悪巧みをしているような金木の表情に、鈴音は疑問を覚えた。

綾乃が何かを話したとは思えない。この記者は、大げさに煽《あお》っているだけではないのか？　ブラフってやつ。取材相手の興味を引くために。

それでも、話を聞いてみたいという、強烈な欲望を感じた。

流れ次第で、自分もゴーストのことを明かしてみたらどうだろう？

経営に不安を抱え続けるのではない、別の未来が開けるかもしれない。

いや、そんなことをしたら、新たな罪悪感で苦しむことになるのでは？

でも、自分には作曲の実績があるのだ。それを葬ったままでいいのか？

「もし、こちらの欲しいネタを提供してくださるなら、お礼はしますよ。どんなカタチでも」

金木が鈴音を凝視している。

鈴音は、どんなカタチでも、という言葉に魅了された。

ゴーストの証拠との交換条件を、作曲家のチャンスと言ってみたら……？

「何時くらいに戻れば、お話しできますか？」

「ああ、えっと……」

答えようとした刹那《せつな》、店のガラスドア越しに男性客の姿が見えた。

今はジーンズのカジュアルな格好だが、コックコート姿の彼を鈴音は知っている。

――トラットリア代官山の安東怜だ。

「こんにちは」

笑顔で怜が入店した瞬間、その場に高潔な光が差した気がした。

その眩しさが自分の邪念を浮き彫りにしたかのようで、胸が苦しくなってくる。

「お話なんてできません。お帰りください」

鈴音がきっぱりと告げると、金木がため息を吐《つ》いた。

「名刺、置いていきますんで。いつでも連絡ください」

そそくさと金木が帰り、怜がレジカウンターにやってきた。

「お知り合いのかたですか？」

澄み切った怜の瞳《ひとみ》が、やけに眩しい。

「いえ、雑誌の記者だって言ってました。リョウについて何か調べてるみたいで。興味ないから追い返しちゃいました」

鈴音の心が、後ろめたさで一杯になる。

ふわり、と目を和らげてから、怜はガラスケースに視線を移した。

「どれも美味しそうだなあ。一度来てみたかったんですよ、鈴音さんのお店」

「ありがとうございます。今日はお店、お休みなんですか？」

「いや、休憩タイム。ここ、うちの店から歩いて十五分くらいだから、散歩がてら来てみたんです。サンドイッチ買いたいんだけど、オススメありますか？」

「今日は、明太子入り厚焼き玉子のサンド。あと、サーモンとクリームチーズのサンドがオススメかな」

「両方ください。二つずつ」

はい、と答えて素早く包装し、会計を済ます。

「もしかして、もう一つは薫さんの分ですか？」

さりげなく尋ねたら、「ええ」とうれしそうに頷いた。

「薫さん、簡単に食べられるものが好きなんです。仕事の合間にさくっと。最近痩《や》せてきちゃったから、美味しいものをたくさん食べてもらいたいなと思って」

「あら、怜さんが作ればいいのに」

「僕の料理は、いつも試食してもらってますから。実はダメ出しされることも多いんですよ。薫さん、店の味にはホント厳しいんで。本当は仕事抜きで味を楽しんでほしいんですけどね」

やさし気な瞳を細める怜。

薫さんのことが大事なんだろうな、と鈴音はほほ笑ましく思う。

客足が途絶えたため、店内は静かだ。

「怜さん。よかったらコーヒー飲んでいきません？　サービスします」

「いいんですか？」

「もちろん。いつもお世話になってるんで」

「じゃあ、お言葉に甘えてブラックを」

鈴音はカップにコーヒーを注《つ》ぎ、怜に手渡した。その場で飲み始めた彼が、うまい、とつぶやく。

「豆にはちょっとこだわってるんです」

「わかります。いい豆ですね。……あ、そういえば、忘れ物をされた綾乃さんから、店に電話がありましたよ。鈴音さんが帰られたあと」

「え？」

一気に緊張感が押し寄せた。

「本を取りに来てくださるそうです」

「いつ？　いつですか？」

鈴音は、レジカウンターから身を乗り出してしまった。

「今日の夕方頃。うちがオープンする前に」

「夕方か。だったら会えるかな……」

相方に店を任せれば、少しくらいは抜け出せる。

あれ？　なんでまた綾乃と会おうとしてるんだろ？

二度と会いたくないと思っていたのに……。

逡巡《しゅんじゅん》する鈴音に、怜が穏やかに話しかけた。

「逢《あ》いたい人とは、逢っておいたほうがいいと思いますよ」

「え……？」

「僕にも逢いたい人がいます。だけど、もう逢えない。伝えたいことがあるのに、それは叶《かな》わない」

　彼は静かに言って、どこか遠くを見た。

「もっと話しておけばよかったって、後悔してます。そんな想いはもうしたくない。だから今は、どんな人に対しても、言いたいことは全部言うように努めてます。自分の気持ちに正直でいたいんです。人と人の出会いは一期一会ですから」

　そう言ったあと、彼は穏やかにほほ笑んだ。

「綾乃さん、四時ぐらいに寄るって言ってたかな。じゃあ、また。コーヒーご馳走さまでした。サンドイッチ、食べるのが楽しみです」

　空のカップを置いて、怜が立ち去った。その意外と広い背中を見送りながら、鈴音は考えていた。

　怜が会いたい人は、離散してしまったという家族なのだろうか？

　それとも、別れてしまった恋人とか？　それとも……。

　──考えたところで答えはない。

「一期一会か……」

　確かに、人生、何が起きるか分からない。当たり前に会えていた人とも、思いも寄らぬ出来事で、いきなり会えなくなるかもしれない。リョウのように。

客足が途絶えたままなので、しばらく店内の清掃に没頭した。

ガラスケースを磨き、紙ナプキンを補充し、観葉植物を霧吹きで湿らせる。

時計を見ると、午後三時半を過ぎていた。

ぼんやりと、綾乃の顔が浮かんできた。

優等生風のしっかり者。いつも身ぎれいにしている女。仕事場で出会った当初は、苦手だと思っていた。

だが、いつしか仲間として打ち解け出し、京都旅行の際は女性二人に部屋を用意してもらったため、枕を並べておしゃべりに興じた。まるで学生のように、好きな男のタイプを語り合ったりした。翌朝はリョウの母親が用意してくれた朝食を、隣の席で笑い合いながら食べた。


「ご飯、お代わりしてもいいですか？」

綾乃がリョウの母親に空の茶碗《ちゃわん》を差し出す。

「もちろん。たくさん召し上がってくださいね」

旅館の女将《おかみ》のように品の良い母親が、うれしそうに茶碗を受け取った。

「私も！」と、鈴音も茶碗を差し出す。

「え、またお代わりすんの？　二人とも、女なのによく食うなあ」

寝ぐせのついた長めの髪を、リョウがしなやかな手でかき上げる。

「リョウさん、食べなさすぎ」

母親からお代わりの茶碗を受け取りながら、綾乃がリョウを軽く睨む。

「オレ、昨日の酒がまだ残ってて……うー」

端整な顔を思いっきり崩し、リョウが欠伸《あくび》をする。

よく飲んだもんなー、うちらって酒豪揃いじゃね？　と、男性陣が雑談をしている。

「綾乃さん、この加茂ナスの漬物、美味しくない？」

「美味しい。これと柴漬《しばづ》けをご飯に載せて、お茶をかけるの」

鈴音の目前で、綾乃が急須《きゅうす》のお茶をご飯にかけ始めた。

「あ、ぶぶ漬けだ。私もそうしよっと」

「ぶぶ漬けにするなら、あられを入れるといいですよ。ぶぶあられ」

リョウの母親が、極小のあられを皿に入れて持ってきてくれた。

「へー、これってぶぶあられっていうんだ」

早々とあられを入れ、ぶぶ漬けをひと口食べた綾乃が、パリパリと音を立てる。

「漬物とあられの食感。たまんない」

「昼飯食えなくなるぞ。川魚がウマい店、予約してあんのに」

低い美声で言ったリョウが、呆《あき》れた顔をする。

「大丈夫だって。このあといっぱい歩くから。ねえ、鈴音ちゃん？」

「もちろん。あー、京都のぶぶ漬けって最高！」

二度と戻れないあの日々。誰もが笑顔だった——。

「ごめん、ちょっとだけ出てきてもいい？　なる早で戻ってくるから」

相方にレジを任せて、鈴音は店を飛び出した。

もう一度だけ、綾乃に尋ねてみよう。

リョウとのことを。メイキング映像の有無を。

目黒川を渡り、緩やかな坂道を駆け上がって、西郷山公園を通り過ぎる。

旧山手通りを横断し、大型書店の脇の路地裏を急ぎ足で進む。

住宅街の一角にある店、トラットリア代官山をひたすら目指す。

腕時計に目を走らせると、午後四時を少し過ぎていた。

螺旋階段を駆け下りて扉を開けたら、カウンターの中で薫が残念そうな顔をした。

「綾乃さん、三分くらい前に出られました」

「どこに行ったかわかります？」

「何も聞いてません。旦那さんを上に待たせてるって言ってましたけど……」

「ありがとうございます！」

再び階段を上り、綾乃が新居だと教えてくれたマンションの方向に走り出す。代官山駅近くの高層マンションだ。

根拠はなかったが、家に帰ったような気がした。

ここで綾乃と会えなければ、二度と話せない。

こちらから連絡をすることも、彼女から来ることもない。

なぜか確信めいた予感がして、いつもより人数が多く感じる往来の中、綾乃の姿を探し続けた。

ふいに、女性の後ろ姿が目に飛び込んできた。

モノクロ映像なのに、そこだけがカラーのように、くっきりと鮮やかに。

——いた！

全速力で彼女のもとへ行き、背中を軽く叩《たた》く。

「綾乃さん！」

振り返った綾乃は、肩で息をする鈴音を見て静かに笑った。

「やっぱり来たんだ。お店に電話したから、鈴音ちゃんも来るような気がしてた」

彼女は、昨日とは雰囲気がまったく違った。化粧が薄く、服装はカジュアル。ショルダーバッグは布製で、動物の刺繍《ししゅう》がしてある。爪にはネイルがなく、短く切り揃えられている。前日に見たのは付け爪だったのだろう。

綾乃が立つ道端の少し先で、ふっくらとした体形の男性と五歳くらいの少年が、驚いた顔で鈴音を見ている。

「旦那と息子」とだけ綾乃は言い、「知り合いなの。ちょっとだけ待ってて」と男性に告げ、鈴音を電柱の陰に連れていく。

向き合った鈴音に、綾乃は何かを差し出した。

「これ、さっき薫さんからもらったんだ。なんだと思う？」

トラットリア代官山のロゴが入った、小さな白い紙袋だ。

「なに？　全然わかんない」

「加茂ナスの浅漬け。怜さんが昨日の残りで作ったんだって。お裾分《すそわ》け、って」

「加茂ナス……」

「わたしたちの会話が聞こえてたんじゃないかな。ほら、京都が懐かしいって、カウンターで話してたじゃない？　だから、わざわざ作ってくれたのかもね。わたしが忘れ物を取りに行くって言ったあとで」

まさか、亀裂《きれつ》が入った女同士の仲を取り持つために……？

「それで、また思い出しちゃった。楽しかった京都旅行のこと。だから、大サービス」

綾乃はショルダーバッグの中から、小さなメモリーカードを取り出した。

「メイキング映像。鈴音ちゃんにあげる」

「え？　そんな……」

ずっと欲しくて、でも手に入らないと思っていたものをポンと手渡され、鈴音は戸惑いを隠せない。

「これをどうするのかは、鈴音ちゃんに任せる。宣伝の園田さんに渡してくれてもいいよ。話題作りで特典映像にしたいんだろうから」

「なんで？」

鈴音は上ずった声で問いかけた。

「なんでこれを私に？　あなたはリョウを想ってたんじゃないの？　だから、思い出として持ってたんじゃ……」

「質問に答えるね。なぜカードを鈴音ちゃんにあげるか。それは、ここに入ってるのが、鈴音ちゃんの作った曲だから」

綾乃が早口で語り出す。

「ゴーストのこと、前から知ってた。リョウが絶対秘密だって教えてくれたの。鈴音には才能があるって、いつも褒《ほ》めてたよ。本当は昨日あげてもよかったんだけど、そんな気分にはなれなくて、失くしたって嘘ついた。もし次の機会があったら、渡してもいいかなと思ってた。それで、わざとトイレにドリルを置いてきたの。たまたま持ってたから。鈴音ちゃん、カンがいいからさ。いろんなことに気づいて、わたしに会いに来るかもなって思ったんだよね」

突然の告白に、鈴音は何も言えずにいた。

「このカード、ずっと持ち歩いてたんだけどね。もう過去は見ないようにしようかなって、なんとなく思ったんだ。あれから五年も経ったし」

綾乃の視線が宙をさまよった。何かの面影を求めるかのように。

「もう一つの質問ね。リョウを想ってた？　そんなわけないじゃない。わたしは男に寄生しないと生きていけないタイプなの。鈴音ちゃんと違って」

少しだけ寂しそうに、綾乃が答えた。

やっぱり、彼女は嘘つきだ。

そう思った直後、鈴音の耳に歌声が飛び込んできた。

――てっく、てっく、てっく。

まだ幼い声。その主は、綾乃の息子だった。

――うちに帰ろう、素敵な家。あの人が待つ、あの家に。

「その歌！」

鈴音は一目散に息子のもとへ駆け寄った。

「ねえ、それ、なんていう歌？」

「ホーム」と幼い息子が即答する。

次になんて言おうか迷い、自然に出てきた言葉は……。

「その歌、好きなの？」

すると息子は、大きな瞳を輝かせた。

「うん！　お母さんが好きな歌だから、僕も大好き！」

いつの間にか近くに来ていた綾乃が、腰をかがめて息子と目を合わせる。

「あのね、その歌はね、このお姉さんが作ったんだよ」

「そうなの？　お母さんじゃなくて？」

「そう。お母さんはおうちで歌ってただけ。お姉さんが作ったの。まだリョウジが生まれる前に」

息子の名前は、リョウジ――。

「お姉さんすごい！　ねえ、握手して！」

おずおずと差し出した鈴音の手を、リョウジは両手でしっかりと握った。

とても小さくて、とても温かい手だった。

「てってってってっく。ねえ、これって僕の歌なんでしょ？」

彼はあどけない表情で、鈴音を一心に見上げている。

幼いながらもしっかりとした目鼻立ち。バランスのよい肢体。
そこには、明らかにリョウの面影があった。
鈴音は、すべてが腑《ふ》に落ちた気がした。

綾乃がカードを誰にも渡さずにいた理由。
それはきっと、息子だけの歌にしておきたかったから。
おそらく、生前のリョウは、綾乃の妊娠を知っていたのだ。
だから、鈴音に子どもでも歌える曲を、と依頼したのではないか。
彼は、生まれてくる子と一緒に歌える曲を、作っておきたかった。
不慮の事故でリョウが他界したあと、綾乃は一人で子どもを産んだ。
鈴音が作ったリョウの最後の曲を、綾乃は子どもに歌って聴かせていた。
あなたの歌だと言って。
そして、その子を育てるために婚活をして、父親になってくれる人を見つけた
――。
「リョウジ、行くよ。お父さんが待ってる」

息子の手を引いて、綾乃が歩き出した。鈴音からどんどん離れていく。

待って。行かないで。もう少しだけ待って。

「そうだよ！」

鈴音は大声で言った。

「リョウジくん。あなたのために作ったの。あなたの歌なんだよ！」

綾乃が立ち止まった。

リョウジはうれしそうに、トコトコとこちらに戻ってくる。

リズミカルな歩み。長い手足。切れ長の目が、リョウにそっくりだ。

彼はまだ、この子の中で生きている。

「ありがとう」

再び鈴音を見上げて、リョウジが無垢《むく》な笑顔を向けた。

「いい歌。僕、大好き！」

リョウジは鈴音の腰に手を回し、しかとしがみついた。

まだ小さくて華奢な身体。鈴音も、彼の背中をそっと抱きしめる。

一度だけホテルで身体に触れた、リョウの遺伝子を持つ男の子。

ああ、あったかい。うれしい。愛《いと》おしい――。

ただただ純粋に、心からそう思えた。

これまで自分を苦しめてきたものを、すべて赦《ゆる》せる気がした。


歩み寄って来た綾乃が、声を出さずに唇を動かす。

――あ、り、が、と。

それから彼女は、今にも泣き出しそうな表情でささやいた。

「リョウのこと、誰にも言ってないの」

鈴音は何度も頷き、「わかった。秘密ね」と綾乃に笑みを見せる。

あなたは内緒でリョウの子を産み、私は内緒でリョウの曲を産み出した。

真実を知っているのは、私たち二人だけだ。


「リョウジ、おうちに帰ろう」

「うん！」

両の手で包んでいた愛おしいものが、スルリと腕から離れていく。

「じゃあ、鈴音ちゃん。またね」
「うん。また」
夕焼けの光が差す中、綾乃は夫と息子と共に、ゆっくりと去っていった。
――うちに帰ろう、素敵な家。あの人が待つ、あの家に。
母と息子が遠くで歌っている。
鈴音の視界が、じんわりとぼやけていく。
今、はっきりと分かった。自分が本当に欲しかったのは――。
リョウでもなければ、恵まれた綾乃の立場でもなく。
目の前の誰かが言ってくれる、「あなたの歌が好き」のひと言だったのだ。
片手で握りしめていたメモリーカードに目をやる。
これは誰にも渡してはならない、門外不出のカードだ。
ここに入っているリョウの歌は、彼の息子に捧げると決めたのだから。

トラットリア代官山に戻ると、薫がやさしく迎え入れてくれた。

「お帰りなさい。綾乃さんには会えましたか？」

「はい。たくさん話してスッキリしました」

「それはよかった」

「あ、鈴音さん」

控室から出てきた怜が、トラットリア代官山の紙袋を鈴音に渡した。

「これ、加茂ナスの浅漬け。よかったら食べてください」

「うれしい。ありがとうございます」

私と綾乃さんのために、わざわざ作ってくれたんですよね。

と感謝の気持ちを込めながら、「本当にありがとう」と深く頭を下げた。

「実は自分、元々は和食の板前だったんです。漬物、得意なんですよ」

「へええ。楽しみです」

……あ、そうだ。

ふと、怜の過去について尋ねたくなったが、失礼かなと思い留《とど》まった。

「また音楽、やってみようかな」

ふいに浮かんだ想いが、言葉となって飛び出した。

「いいじゃないですか！」と朗らかに言う怜。

「キーボードですか？」

薫に訊かれ、鈴音は「はい」と頷いた。

「あと、作詞作曲」

「鈴音さん、そんなことまでできるんですか？　すごいなあ。自分には無理です」

「本当。どんな曲を作られるのか聴いてみたいです」

「そんな、大したもんじゃないですよ」

（でも、たぶん聴いたことがあると思います。リョウのヒット曲で）

そう心中で付け加えてから二人に改めて礼を述べ、「また来ますね」と言って店を出た。

中目黒のカフェまで歩きながら、鈴音は今夜の夕飯について考えた。

怜さんの加茂ナスの浅漬けと、冷蔵庫に残ってる柴漬け。あと……買い置きしてある煎餅《せんべい》を細かく砕いて、お茶を入れよう。煎餅はぶぶあられの代用だ。

ぶぶ漬けなんて、リョウの京都の実家で食べて以来だった。

炊き立ての白飯に刻んだ漬物と砕いた煎餅をたっぷり載せて、上から熱々のお茶をかけてから、ズズッと音を立ててすする。漬物を噛んだときのパリパリ・サクサクとした音と食感が、たまらなく恋しい。

ああ、食べるのが楽しみだ。

解説

山前　譲

生物学的に食べるという行為は必須である。ただ、人類はそこに「味」というファクターを加えていった。メディアにはいわゆるグルメをテーマにしたものがありふれている。人気の飲食店には行列ができているし、さりげなく何十年と営業してきたお店にもスポットライトが当てられている。そしてミステリーでも——。

いろいろなところから情報を得て美味しい料理を堪能するのは醍醐味だが、住んでいるところの近くで思わぬお店に巡り会うのも嬉しいのではないだろうか。近藤史恵「苺のスープ」（双葉文庫『ときどき旅に出るカフェ』収録）の瑛子は、自転車に乗ってスーパーに行こうとしていたら、カフェ・ルーズが目に留まった。入ってみるとメニューには見たことのない飲み物やお菓子がたくさん！

そこに声をかけてきた店主は、なんとかつて同じ会社で働いていた女性、葛井円だった。旅に出られるカフェというのがコンセプトとのことなので、珍しい外国の飲み物と出会えるお店だったが、瑛子は円にちょっと気になることを相談する。タイトルにある苺のスープとは北欧で食べられるものだという。『ときどき旅に出るカフェ』では、円が色々なところへ旅して味わったものを自分のカフェで提供しているのだ。作者には小さなフレンチレストランを舞台にしたシリーズもある。

日本人の主食はやはりお米だろうが、麺類についていろいろ蘊蓄《うんちく》を語る人も多い。新津きよみ「雲の上の人」（徳間文庫『セカンドライフ』収録）は長野県上田市の蕎麦屋「名月庵」に生まれた姉妹、亜美と裕美の物語である。

大手航空会社で客室乗務員をしていた亜美は、客室品質企画部への異動を命じられ、失意のうちに実家へ帰る。一方、蕎麦屋を手伝っている裕美は、二年前に別れた嶋田が突然店に入ってきて動揺するのだった。ふたりの揺れ動く心理が絡み合い、ミステリーとしての仕掛けが織り込まれていく。

古くは飢餓に備えての雑穀扱いだったという蕎麦だが、姉妹の父で「名月庵」の店主である西沢修平が、「うまいそばさえ打っていれば客は来る」を信条にしているように、こだわりの店が多くなった。とくに長野県は蕎麦が有名である。「信州そば」は長野県信州そば協同組合が商標登録していて、長野県は選択無形民俗文化財「信濃の味の文化財」に指定しているというのだから、長野県を訪れたなら蕎麦を食べないわけにはいかないだろう。「名月庵」の西沢修平にはふたり姉妹しか子供はいない。誰が継いでくれるのか。そのあたりもちょっとスリリングだ。

有名なシェフのお店でおいしい料理——それはやはり贅沢だろう。だが、家庭料理が日常の食生活であるのは間違いない。碧野圭「はちみつはささやく」（だいわ文庫『菜の花食堂のささやかな事件簿』収録）は大人気の料理教室の様子から物語が始まる。それは東京郊外、武蔵野にある「菜の花食堂」のオーナーの靖子先生が定休日に月二回やっている教室なのだが、彼女のちょっとしたアドバイスがじつに絶妙だ。きっと参考になるに違いない。

そこに通っていた二十四歳の女性が欠席するようになった。結婚を意識している恋人が、「菜の花食堂」の味を気に入ったというので、料理教室に通い始めたはずなのだが……。なんとも料理というのは難しいと思わせる展開だ。料理教室だけではなく、新鮮な野菜たっぷりの料理がおいしいと評判の「菜の花食堂」のシリーズは、『菜の花食堂のささやかな事件簿』が第一作で、それからお店に来る客の相談を解決するいわゆる日常系ミステリーとなっていく。料理というテイストが加わることでより身近な謎解きとなっている。

やはり料理教室が発端だが西村健「バスを待つ男」（実業之日本社文庫『バスを待つ男』収録）はちょっと悲哀感が漂う。主人公は元警視庁刑事だ。再就職先も辞めて1日をどう過ごしていいか分からない。そして妻が自宅で料理教室を始めた。居場所がなくなったからと外に出るのだが、利用したのはシルバーパスである。なんの目的もなく乗り、かつて通った居酒屋で酒を――いや、なんだかうらやましい。

いつのまにか毎日行き先も決めずにバスに乗るようになった主人公だが、シリーズの第一話である「バスを待つ男」はかつて関わった事件に所縁の駅前のバス停で目撃した白髪の男から謎解きが始まる。このシリーズは第二弾の『バスへ誘う男』から思いも寄らぬ展開をとっていくのだが、おいしい西村作品には九州のラーメンをたっぷり味わえる〈ゆげ福〉シリーズがある。

それにしても〝料理は手が込んでいるからよい、というものではない。素朴な料理を美味しくさせることの方が難しいのだ。だからこれから自分は一見、簡単でありながら本当に奥深い味をこそ追求してみるべきなのかも〟と言う主人公の妻はうらやましい。

そんな家庭料理がそそっているのは太田忠司「ミステリなふたり」（幻冬舎文庫『ミステリなふたり』収録）だ。デビューして間もないイラストレーターと、年上の刑事の夫妻の軽妙な会話から始まる物語を彩るのは、捜査に疲れた妻をもてなす夫の料理だ。今日のメインは肉じゃがだったが、ある事情でそれは焦がしてしまうのだった。

肉じゃがの発祥についてはいろいろ説があるようだ。東郷平八郎が作らせたからと舞鶴市が一九九五年に「肉じゃが発祥の地」と宣言したというが、いわゆる「おふくろの味」として、そして豚肉と牛肉のどちらを使うかなど、日常的な料理のわりには議論沸騰である。いずれにしても砂糖と醬油で甘辛く煮詰めた料理が日本人好みなのは間違いない。

そしてイタリアンレストランなのに、斎藤千輪「京都の加茂ナス」（ハルキ文庫『トラットリア代官山』収録）の前菜はナス！　鈴音がよく足を運んでいるレストランは味は格別でリーズナブルだ。しかも居心地が素晴らしいというのだから、誰もがこんなお店が近くにあったら、と思うに違いない。

そのお店の店主と若きシェフの間の微妙な雰囲気を背景に謎解きが展開されていくのだが、素材だけが書かれたお任せのコース料理がミステリアスだ。前菜の「加茂ナス、フルーツトマト、ブッラータ」ってなに？　加茂ナス、あるいは賀茂ナスと呼ばれる丸いナスは京都の特産品で、「京の伝統野菜」に認定されているそうだ。また

「ナスの女王」とも言われているそうだが、栽培はなかなか手間が掛かるらしい。それがどんな前菜になるのだろうか。

もちろんミステリーとしても味わいたっぷりだが、斎藤作品にはほかに〈ビストロ三軒亭〉シリーズ、〈神楽坂つきみ茶屋〉シリーズ、〈グルメ警部の美食捜査〉シリーズとおいしい作品がメニューにラインナップされている。

かつては海外に比べると「食」にこだわった作品が少なかった日本のミステリー界だが、このところおいしいミステリーが増えている。もちろん紙上のことだから、実際に味わうことはできないけれど、ここに収録した作品から堪能できるに違いない。

本書は、日本推理作家協会の協賛のもと、推理小説研究家の山前譲氏が選定した作品を編集したものです。

Profile

日本推理作家協会について

太平洋戦争終結の翌年、1946年の6月に、江戸川乱歩の呼びかけで始まった土曜会が、日本推理作家協会のルーツである。月に一度のその集まりが発展して、翌年6月に探偵作家クラブが発足した。初代会長は江戸川乱歩で、会報を発行し、前年度のすぐれた作品に探偵作家クラブ賞を贈った。1954年には、関西探偵作家クラブと合同して日本探偵作家クラブとなり、江戸川乱歩賞がスタートする。1963年1月、江戸川乱歩を初代理事長として社団法人日本推理作家協会へと改組。以後、日本推理作家協会賞と江戸川乱歩賞を二大事業とし、アンソロジー『推理小説年鑑』を編纂して斯界の動向を伝えてきた。2014年4月、一般社団法人に改組され、現会員は600名を超える。

底本一覧

「苺のスープ」　『ときどき旅に出るカフェ』双葉文庫／二〇一九年刊

「雲の上の人」　『セカンドライフ』徳間文庫／二〇二〇年刊

「はちみつはささやく」　『菜の花食堂のささやかな事件簿』だいわ文庫／二〇一六年刊

「バスを待つ男」　『バスを待つ男』実業之日本社文庫／二〇二〇年刊

「ミステリなふたり」　『ミステリなふたり』幻冬舎文庫／二〇〇五年刊

「京都の加茂ナス」　『トラットリア代官山』ハルキ文庫／二〇一九年刊

双葉文庫

み-36-01

ミステリな食卓《しょくたく》

美味《おい》しい謎解《なぞと》きアンソロジー

2023年6月17日　第1刷発行

【著者】

碧野圭《あおのけい》　太田忠司《おおたただし》　近藤史恵《こんどうふみえ》

斎藤千輪《さいとうちわ》　新津《にいつ》きよみ　西村健《にしむらけん》

【発行者】

箕浦克史

【発行所】

株式会社双葉社

〒162-8540 東京都新宿区東五軒町3番28号

［電話］03-5261-4818（営業部）　03-5261-4833（編集部）

www.futabasha.co.jp（双葉社の書籍・コミックが買えます）

【印刷所】

中央精版印刷株式会社

【製本所】

中央精版印刷株式会社

【フォーマット・デザイン】

日下潤一

ISBN978-4-575-65908-5 C0193

Printed in Japan

ほろよい読書

織守きょうや
坂井希久子
額賀澪
原田ひ香
柚木麻子

今日も一日よく頑張った自分に、ごほうびの一杯を。酒好きな伯母の秘密をさぐる姪っ子、自宅での果実酒作りにはまる四十路のキャリアウーマン、実家の酒蔵を継ぐことに悩む一人娘、酒が原因で夫に出て行かれた妻、保育園の保護者達からオンライン飲み会に呼ばれたバーテンダー……。今をときめく5名の作家が「お酒」にまつわる人間ドラマを描いた、心うるおす短編小説集。